#SF

#페미니즘

#그녀들의이야기

♯SF
♯페미니즘
♯그녀들의이야기

요다 ♯ 장르 비평선 02

김효진 지음

머리말
SF와 페미니즘이 만날 때

이 책은 SF와 페미니즘의 만남에 관한 이야기다. SF와 페미니즘이 만날 수밖에 없는 숙명적인 관계였다고 SF 작가, 연구자들은 한목소리로 말한다. 본문에서는 SF라는 장르와 페미니즘이 어떻게 만나 '페미니스트 SF' 또는 'SF 페미니즘'이라는 새로운 하위 장르를 형성했는지 살펴볼 것이다.

SF 장르가 미국을 비롯한 영어권 국가에서 생겨났기에 SF 문화에 관한 비평, 연구도 오랜 시간 그들 위주로 축적되었다. SF만을 다루는 책과 논문은 물론이고 하위 장르, 팬덤 등 특정 SF 문화를 연구하는 연구자들도 월등히 많다. 그들의 자료를 바탕으로 SF 페미니즘의 역사와 담론을 살펴보면서 SF 페미니즘이 현재를 살아가는 우리에게 어떤 의미가 있는지 살펴보고자 한다.

국내에서 출간된 SF 장르 안내서로는 고장원의 『SF란 무엇인가?』, 전홍식·김창규의『웹소설 작가를 위한 장르 가이드 4: SF』, 이지용의『한국 SF 장르의 형성』정도가 있다. 이 책들은 SF 장르에 관한 전반적인 이해를 도와준다. 하지만 페미니스트 SF에 대해서는 어디서도 다루고 있지 않다. 장르 연구가 활발한 곳에서는 SF의 하위 장르 중 하나로 온전히 자리를 잡았지만, 국내에서는 아직까지 그 배경과 이론에 대해 정리된 책도 없고 그와 관련된 책들이 번역되지도 않았다. 그렇기에 이 책이 SF 페미니즘을 소개하는 첫걸음이자 많은 이들과 함께 SF 페미니즘을 논하는 계기가 되었으면 좋겠다.

이 책은 용어 정리부터 시작한다. 보통 페미니즘의 성격을 띤 SF를 SF 페미니즘, 페미니스트 SF라고 부른다. 모두 비슷한 용어라고 생각하겠지만, 쓰임이 조금씩 다르다. 분야에 따라 다른 의미로 해석되는 각 용어의 배경과 의미를 살펴봄으로써 용어를 올바르게 이해하고 사용할 수 있게 도울 것이다.

용어를 살펴본 후에는 SF 이론으로서의 페미니즘을 중점적으로 살펴볼 것이다. 루트리지 출판사가 펴낸『루트리지 SF 안내서(The Routledge Companion to Science Fiction)』는 SF를 이루는 열네 가지 이론으로 비판적 인종 이론, 문화적 역사, 팬 연구, 페미니즘, 언어학, 마르크스주의, 핵 비판주의, 탈식민지주의, 포스트휴먼과 사이보그 이론, 포스트모더니즘, 정신분석, 퀴어 이론, 유토피아 이론, 가상현실을 제시했다. 그 중에서도 페미니즘이 SF와 어느 지점에서 만나는지 살펴볼 것이다.

하위 장르로서의 페미니스트 SF에 관해서도 살펴볼 것이다. 관점에 따라 약간의 차이는 있겠지만 SF 하위 장르로는 대체 역사, 아포칼립틱 SF, 예술·실험 SF 영화, 블록버스터 SF 영화, 디스토피아, 유토피아, 페미니스트 SF, 미래 역사, 하드 SF, 슬립스트림, 이상한 소설 등이 있다. 이 부분에서는 페미니스트 SF가 하위 장르로 어떻게 형성되었는지, 그 과정을 따라가 볼 것이다.

전반적인 SF와 페미니즘 이론, 그리고 하위 장르로서의 페미니스트 SF를 살펴본 뒤 실제 작품들을 비평해볼 것이다. SF 페미니즘에서 빠지지 않고 거론되는 대표적인 작가 조애나 러스, 어슐러 K. 르 귄, 마거릿 애트우드의 작품들을 다룬다. 이들의 대표작이자 국내에 번역되어 있으며 사회적으로 이슈가 된 작품들을 선정했다. 조애나 러스의 「그들이 돌아온다 해도」(1972), 어슐러 K. 르 귄의 「산의 방식」(1996), 마거릿 애트우드의 『증언들』(2019)을 페미니즘 이론의 눈으로 바라본다. 아울러 각 작품이 SF에 어떤 영향을 주었는지 살펴보고, 지금 우리가 페미니스트 SF를 읽는 의미는 무엇인지 정리하며 마치려 한다. SF 페미니즘의 세계로 첫걸음을 함께 디뎌보자!

SF와
페미니즘

SF 페미니즘과 페미니스트 SF

페미니즘은 한 문장으로 정의할 수 없는 이론이자 사회운동이다. 사실 페미니즘을 어느 하나로 규정하는 것 자체가 페미니즘에 위배된다. 페미니즘의 핵심이 다름과 차이에서 오는 억압에 마침표를 찍는 것이기 때문이다. 페미니즘은 오랜 역사 만큼 자유주의, 급진주의, 마르크스주의, 사회주의, 유색인종, 전 지구, 포스트식민주의, 초국적, 정신분석, 돌봄 중심, 에코, 실존주의, 포스트구조주의, 포스트모던, 제3물결, 퀴어 등 다양한 기조로 발전해왔고 앞으로도 변화해나갈 것이다.

이렇듯 다양한 스펙트럼을 가진 페미니즘의 정의 중에서 하나를 소개해야 한다면 개인적으로 좋아하는 한 페미니스트의 말을 빌리고자 한다. 벨 훅스는『페미니즘: 주변에서 중심으로』에서 "앞으로 페미니즘 투쟁의 토대는 성차별주의 및 여타 형태의 집단 억압의 문화적 기반과 원인을 뿌리 뽑아야 한다는 필요성을 인지하는 것으로 탄탄하게 기반을 다져야 한다. 억압의 철학적 구조에 도전하여 변화시키지 않고서는 페미니즘적 개혁은 영향력을 오래 발휘할 수 없다"며 성차별을 비롯한 모든 집단적 억압을 종식시키는 운동으로 페미니즘을 정의하고 있다. 훅스는 사회적 평등을 남성과의 차별에 초점을 맞추면 차별 대우, 남성의 태도, 법적 형태들을 강조하게 되고, 성차별적인 억압에 초점을 맞추면 지배 체제, 성·인종·계급의 상호연관성에 집중하게 된다고 이야기한다. 단순히 남녀평등이 아니라 보다 근본적인 권력에 의한 억압을 바라보아야 한다. 즉, 사회나 문화에서 집단적으로 가해지는 성차별적 억압을 끝내자고 주장하는 것이 바로 페미니즘이다. 이는 다양한 페미니즘의 정의를 폭넓게 어우르는 정의라고 생각한다.

많은 작가, 연구·비평가들은 페미니즘이 SF와 만날 수밖에 없는 운명적 관계였다고 말한다. 세라 레퍼뉴는 SF야말로 페미니스트 작가들에게 유용한 이야기 형태를 제공할 수 있다고 보았다. 사실주의 소설은 젠더 역시 사실적으로 묘사할 수밖에 없는 한계가 있지만, SF는 그에 저항하고 상상할 수 있는 다른 서사 형식을 제공한다는 것이다. 레퍼뉴는 SF가 '현실'이라는 본질로부터 멀어지게 하고(낯설게 하기), 동시에 '현실'의 구조에 도전하고 비판할 수 있도록 한다고 보았다. 즉, SF는 페미니스트 작가들에게 주관적으로 여성을 만들 공간과 파괴할 공간을 동시에 제공한다.

퍼트리샤 멜저(Patricia Melzer)는 페미니스트들에게 SF가 무척이나 소중한 장르라고 여긴다. 바로 서술기법 때문이다. SF는 구조와 서사, 주제와 접근 방식을 통해서 정의내릴 수 있다. 전통적인 SF 비평에서는 '낯설게 하기', 규범 체제와의 대립 혹은 그러한 시각, 새로운 규범 영향력에 대한 소설의 사실적 보고를 SF의 특징으로 보았다. 즉, SF가 기존의 사회 구조나 규범을 SF적 상상력을 통해 낯설게 함으로써 독자에게 현실을 바라보는 새로운 시각을 제공한다는 것이다. SF의 대표적인 주제와 접근 방식으로는 사회경제적 관계 모색, 모더니즘과 포스트모더니즘의 대립, 자연과 문화의 형성, 과학기술의 영향, 인간과 삶에 대한 성찰이 있다. 조애나 러스는 SF를 "실재하지 않지만 가능한 것(the possible-but-not-real)"이라며 "종류(form)가 아닌 방식(mode)"으로 정의한다. 이런 특징 덕분에 멜저는 SF를 통해 사회 이론의 청사진을 만들 수 있다고 했다. 기존의 사회체제와 인간 중심 사고에서 벗어나 새로운 종들에 대한 상상을 가능하게 해주는 것이 SF라고 말이다. 그로 인해 SF는 페미니즘 이론과 맞물리면서도 우리가 페미니즘 담론에서 한계를 느꼈던 억압과 저항의 표현에 자유를 주었고 그것을 자연스레 이해할 수 있게 만들어주었다.

여성학 교수이자 SF 연구자 리치 캘빈(Ritch Calvin) 역시 페미니즘과 SF의 가능성에 대해 논한다. 그녀는 SF의 토대가 다른 세상, 다른 사회, 다른 종들(인간만이 아니라 다른 생명체, 포스트 휴먼까지도 포함. 특히 역사 속에서 사라졌거나 다르게 알려진 편견에 쌓인 불평등한 종들)을 시험하고 상상할 수 있게 한다고 말했다. 또한 SF가 여성이 100퍼센트 적극적으로 참여하는 사회에 대한 가능성을, 소수의 권력자가 그 외의 사람들을 인종적·윤리적·종교적으로 착취하지 않는 세상에 대한 가능성을 그려낸다고 보았다.

하지만 SF가 무수한 가능성을 가졌음에도 성, 젠더, 그리고 섹슈얼리티의 문제를 실질적으로 다루기까지는 지난한 과정이 있었다. 그 이유에 대해 브라이언 애트버리(Brian Attebery)는 이렇게 해석한다. 1960년대까지 젠더는 SF 가상 세계에서 가장 많이, 그러나 무모하게 사용된 요소들 중 하나다. 젠더의 개념이 제대로 논의되고 이해된 채 사용된 것이 아니란 말이다. 이를 통해 1960년대까지의 SF 문화를 짐작해볼 수 있다. 설령 작가가 젠더 문제에 관심이 있었다 하더라도 남성 독자들과 출판계 종사자들의 보수성으로 인해 젠더 모험을 최소화할 수밖에 없었던 것이다. SF라는 장르의 시작이 남성 작가, 남성 독자 위주의 문화였음을 단적으로 보여주는 부분이다.

페미니스트 SF

페미니스트 SF는 페미니즘 제2물결이 한창이던 1960년대와 1970년대의 페미니스트, 사회주의자, 급진적 정치인에 의해 견인되었다. 1660년대에 킹즐리 에이미스를 포함한 많은 비평가들은 SF가 획기적인 기술에 대해서는 심사숙고하면서 사회적 혁신에 대해서는 동일하게 사색하지 않고 있다고 경고했다. 다이앤 쿡은 페미니스트 SF를 "정치적 시스템 안에서 여성이 스스로(지위나 상태)를 인식하고 다른 여성들과의 연대를 이야기하는 것" 혹은 "페미니스트가 가장 중요하게 집중하는 여성의 상태"로 정의하고 있다. 세라 레퍼뉴는 페미니즘은 정해진 정치적 관점에 이의를 제기하고 SF는 상상력에 대해 질문하기 때문에 둘이 잘 맞을 수밖에 없다고 말했다. 파멜라 사전트는 SF와 판타지만이 작가가 상상하는 대로 여성을 새로운 대안의 환경과 사회구조 안에 그려넣을 수 있다고 했다. 파멜라 J. 애너스는 일반적으로 SF, 특히 페미니스트 SF가 주류 소설들보다 사회 변화의 가능성을 탐험하기에 유용하다고 보았다. 아이디어가 실재가 되고, 추상이 구체로 보여지고, 상상의 외삽법이 미적 현실이 되기 때문이다. 세라 레퍼뉴는 페미니스트 SF가 여성 고딕소설과 페미니스트 유토피아 소설로부터 유래되었다고 주장한다. SF가 그 계보를 이을 수 있던 것은 페미니스트들이 그리는 사회구조를 구현할 수 있는 좋은 형태였기 때문이다.

헬렌 메릭(Helen Merrick)은 『페미니스트 비밀 결사대(The Secret Feminist Cabal)』에서 페미니스트 SF는 보통 페미니스트들을 위한 SF(1980년대에 들어서 페미니스트에 의한 SF)라고 불렸으며, 여성에 의한 그리고 여성을 위한 SF라는 의미를 가진다고 설명했다. 또한 '여성의 SF'와 '페미니스트 SF'가 흔하게 혼용된다고 밝혔다. 앞서 1960년대 이전까지 페미니즘 이슈들이 SF에 나타나지 않았던 건 SF라는 장르가 남성 중심 문화였기 때문이라고 했다. 작가, 독자, 비평가를 비롯하여 출판에 관여하는 모두가 대부분 남성이었다. '여성의 SF'는 당시의 주류 SF와는 다른, 여성 작가가 쓴 여성을 위한 SF라는 의미에서 사용되기 시작했다. SF 비평도 남성 위주였기에 '페미니스트에 의한 SF' 비평마저 초창기에는 SF 작품 속의 여성 모습을 해석하기에만 급급했다. 또한 작품이나 메시지보다 작가들의 성별에 초점이 맞춰졌는데, 이는 그때까지 여성 작가의 작품이 주목받지 못하고 무시되었던 상황을 방증한다.

학술적인 의미의 '페미니스트 SF' 비평은 페미니즘 이론을 바탕으로 여성 작가들과 SF 속 강한 여성 캐릭터들을 옹호하면서 발전해왔다. 메릭의 설명에 의하면 페미니스트 SF는 페미니스트 작가들이 쓴, 페미니즘 이론과 연결되는, 페미니스트들을 위한 SF로 봐야 한다. 과거 페미니스트를 여성에 한정 짓고, 여성에 의한 여성을 위한 SF라고 표현했던 것은 부적절해 보이지만, 그렇게 할 수밖에 없었던 배경도 나름의 의미를 내포하고 있다. 페미니스트 SF 작가들은 SF를 통해 가부장제 사회의 해체, 모계 중심 사회, 평등 사회를 탐험해왔다. 대안 정부와 대안 조직의 시스템들을 만들었고, 젠더 역할을 다시 상상했으며, 자연적인 성과 젠더의 관계를 약화시키기도 했다. 여성, 남성, 외계인, 기계 등 다양한 재생산의 의미와 섹슈얼리티를 보여줬으며, 남성적 과학과 여성적 과학 모두의 영향력을 고려했다(이 때문에 때론 전혀 다른 과학의 개념, '마술'이 등장하기도 했다).

SF 페미니즘

헬렌 메릭은 'SF 페미니즘'의 역사를 '페미니스트 SF'
와 그 주위에서 행해진 문화적 업적들을 통해 알 수
있다고 했다. 요컨대 SF 페미니즘은 SF 안에서 일어
나는 페미니스트의 지식 생산이나 문화 활동을 일컬
으며, 페미니스트 SF 비평과 팬 활동에 집합적으로 보
이고 나타난다. 즉, 페미니스트 SF보다는 좀 더 포괄
적인 개념이다. 페미니스트 SF가 작품과 작가에 초점
이 맞춰진 용어였다면, SF 페미니즘은 페미니스트 SF
가 만들어진 과정과 그 이후 독자들의 활동까지 문화
전체를 포괄한다. 페미니스트 SF 작가가 쓴 작품을 읽
은 독자와 비평가들(많은 비평·연구가들은 팬에서 시작한
다)이 각자의 생각을 커뮤니티에 올리며 무수한 텍스
트들이 한데 모인다. 그리하여 SF 커뮤니티들에는 작
품 평과 더불어 많은 페미니즘 이슈들이 함께 논의되

고 담론이 형성된다. 메릭은 많은 여성들의 업적(여성 작가들의 작품), SF, 페미니즘의 교차점을 학술지에서 찾지 않고 파라텍스트의 공간(전통적으로 SF에서 말하는 포럼)에서 찾는다. 여기에서 포럼은 비평이나 리뷰, 서문, 논설, 전집의 서문 또는 팬진(fanzine)에 보내는 편지들을 말한다. 결국, 메릭이 말하는 'SF 페미니즘'은 SF를 기반으로 한 팬들의 활동을 큰 특징으로 한다.

메릭은 페미니스트 SF보다는 SF 페미니즘이라는 용어를 더 선호한다. 페미니스트 SF는 '여성의 SF'라는 의미로도 통용되어 다른 의미들을 유추시킬 가능성이 있기 때문이다. SF 페미니즘이라는 용어는 페미니스트 작가뿐만 아니라 비평가들, 작품을 읽은 독자와 팬을 포함해 전체적인 문화를 아우른다. 사실 SF라는 장르 자체가 팬덤을 빼고 이야기하기 힘든 장르다. 이는 페미니즘과 만난 SF도 마찬가지였다. 페미니스트 SF 팬들은 팬진을 비롯해 페미니즘과 SF에 대한 의견을 공유할 수 있는 커뮤니티들을 만들었고, 더 광범위한 SF 커뮤니티들과도 컨벤션 프로그램들을 통해 교류해왔다. 가령 1977년부터 매년 위스콘신에서 열리는 세계 최고의 페미니스트 SF 컨벤션 위스콘(WisCon)을 보면 작품 외에도 팬들의 활동이 이 장르에 얼마나 큰 영향력을 미치는지 알 수 있다. 이렇듯 'SF 페미니즘'은 페미니스트 SF를 포함해 SF 팬들이 함께 이뤄낸 모든 것을 나타낸다.

페미니스트 SF가 발전함에 따라 팬들은 커뮤니티를 형성하고, 페미니즘 이슈가 SF 속에서 어떻게 표현되는지에 대해 토론했다. 1970년대부터 페미니스트 팬덤은 초기 페미니스트 SF 비평의 단초였을 뿐만 아니라 SF의 창작 환경을 적극적으로 바꾸었다. 특히 이들은 작품과 페미니즘 이론들을 적극적으로 연결시켰고, 팬진에 비평을 싣기 시작했다. SF 작품을 페미니즘의 맥락에서 읽고, SF를 정치적이고 이론적인 논쟁의 시작점으로 삼은 것이다.

이번 장에서는 페미니즘이 무엇인지 간략하게 짚어보고, 페미니스트 SF와 SF 페미니즘이라는 두 용어의 차이점을 살펴보았다. 정리하자면, 페미니스트 SF는 페미니스트 작가의 작품들과 페미니스트를 위한 SF를 일반적으로 일컫는 말로 여성의 SF라는 용어와도 함께 쓰인다. 페미니스트 SF와 SF 페미니즘의 가장 큰 차이는 팬덤이다. SF 페미니즘은 페미니스트 SF로 인해 생긴 문화적 활동들을 모두 포함하는 개념으로 팬덤 활동을 포함한다. 페미니스트 SF 비평 역시 팬덤에서 시작되었다. 팬들이 페미니스트 SF를 읽고 커뮤니티를 형성해 그 안에서 작품과 페미니즘 이론, 이슈를 두루 논하며 담론을 형성해온 그 일련의 활동을 SF 페미니즘이라 부른다.

SF 이론으로서의
페미니즘

2

SF 역사 속 페미니즘

SF에서 이론을 다루는 것은 SF라는 장르가 어떻게 형성되어왔고 어떤 방식으로 연구되고 있는지를 이해하기 위함이다. 그중에서도 마르크스주의, 페미니즘, 유토피아 연구는 장르 연구에 기반을 두고 있다. 정신분석 이론의 경우에는 영상 미디어에 한정된 비평적 접근 방식을 지니고 있는데 특히 SF 영화에 기반을 두고 있다. 핵 비판 이론은 특정 시대가 연결되어 있고, 포스트모더니즘은 SF 작품을 대중적으로, 그리고 학문적으로 주목받게 하는 데 큰 역할을 했다.

SF 이론에는 비판적 인종 이론, 문화사, 팬 연구, 페미니즘, 언어학, 마르크스주의, 핵 비판, 탈식민주의, 포스트휴머니즘과 사이보그 이론, 포스트모더니즘, 정신분석, 퀴어 이론, 유토피아 연구, 가상현실이 있다. 이 책에서는 페미니즘 이론을 중점적으로 살펴보려 한다.

세라 레퍼뷰는 『페미니즘과 사이언스 픽션(Feminism and Science Fiction)』에서 SF가 19세기 고딕소설에 뿌리를 두고 있다고 했다. 페미니스트 유토피아 서사인 샬롯 퍼킨스 길먼의 『허랜드(Herland)』(1915) 역시 19세기에 뿌리를 두었고, 이 작품을 통해 우리는 19세기 여성들의 두 가지 중요한 생각을 엿볼 수 있다고 설명한다. 하나는 사회구조를 강조하며 사회주의에 고무된 실용적인 양상의 유토피아적 글쓰기라는 것, 하나는 길먼의 다른 소설 『노란 벽지(The Yellow Wallpaper)』에서처럼 여성의 고통스러운 경험이 내재된 채 결합됐다는 것이다. 하지만 페미니스트 SF는 단순히 19세기 여성 작가들을 따라 형성된 것이 아니고, 1960~1970년에 발전한 페미니즘, 사회주의, 그리고 급진적인 정치의 영향을 받으며 자리 잡았다.

1960년대 말과 1970년대 초에도 여전히 페미니스트 작가들이 쓴 SF조차 남성적인 걱정들(우주 탐험과 기술 발전 등)에만 몰두했고, 현실 속 여성들은 철저히 배제되었다. SF 역시 다른 모든 글과 마찬가지로 특정 이데올로기 안에서 쓰인다. 당시 맹목적인 과학 발전을 지원하는 정책하에 과학기술은 빠르게 성장해나갔고, SF 역시 과학기술 발전만 강조한 채 그 외의 사회 발전, 특히 남녀 간 정치적 관계에 대해서는 침묵했다. 조애나 러스는 이러한 상황을 두고 '은하계의 교외 생활(intergalactic suburbia)' 같은 기이한 유행이라 꼬집어 이야기하며 이는 상상력의 실패라고 비판했다. 킹즐리 에이미스 역시 모든 것이 변화한 1960년대에도 유독 성에 대한 실험은 이뤄지지 않고, 남녀의 관계는 그대로 유지되는 점을 지적했다.

레퍼뷰는 페미니즘이 SF 안에 들어오는 게 쉽지 않았다고 이야기한다. SF라는 장르가 가진 남성적 편견과 더불어 그를 뒷받침하는 문화적이고 정치적인 남성 헤게모니와도 함께 싸워야 했기 때문이다. 여성 작가들은 SF 안에서 지배 이데올로기에 맞서 새로운 가능성을 도모해왔다. 에이미스는 "SF가 가장 효과적으로 사용되는 점은 쉽게 판단해버리거나 고립시키는 문화 경향 속에서 사회적 질문들을 소설의 형태로써 극적으로 보이게 하는 데 있다"고 했다. 결국 SF의 특징으로 인해 그간 SF 문화 전반에 퍼져 있던 편견과 헤게모니에 맞설 수 있었고 그렇기에 페미니스트 SF가 생겨날 수 있었던 것이다.

페미니즘 제2물결은 '여성'을 묘사하고 제한하는 본성적 여성성과 여성적인 행동을 규제하는 법에 도전장을 내밀었다. '반항적인 페미니스트'로 불린 1960년대의 페미니스트들은 여성의 진정한 해방을 목표로 투쟁했다. 시민적 자유뿐 아니라 경제적 기회 그리고 성적인 자유의 필요성도 논의하며 여성 개인의 억압과 더불어 여성의 사회적 지위 향상을 위해서도 싸웠다. 억압의 경험은 더 이상 개인의 문제가 아니게 되었고, 계급과 인종, 차별 문제의 초점은 개인에서 사회로 확대되었다. 그로 인해 언어와 문화 속에 스며든 젠더적 주제에 대한 정신분석학 연구가 대대적으로 발전하기도 했다. 레퍼뉴는 그동안 쌓인 SF의 소재(시간 여행, 대체 역사, 엔트로피, 상대주의, 통일장이론)를 비유적으로 사용한다면, SF가 '여성'이 만들어지는 과정을 분석하는 강력한 도구로 쓰일 수 있다고 보았다.

　페미니즘의 역사와 이론은 제1물결, 제2물결, 제3물결 또는 포스트페미니즘, 포스트모던 페미니즘, 포스트구조주의 페미니즘, 포스트식민주의 페미니즘, 트랜스젠더 페미니즘으로 분류한다. 혹은 자유주의 페미니즘, 급진주의 페미니즘, 마르크스주의 페미니즘과 사회주의 페미니즘, 유색인종 페미니즘, 전지구적 페미니즘, 탈식민주의 페미니즘, 초국가주의 페미니즘, 정신분석 페미니즘, 돌봄 중심 페미니즘, 에코 페미니즘, 실존주의적 페미니즘, 포스트구조주의 페미니즘, 포스트모던 페미니즘으로 분류하기도 한다.

　밸러리 샌더스(Valerie Sanders)에 따르면, 1세대 페미니즘은 19세기 유럽·미국 여성들의 참정권과 투표권을 위한 투쟁이다. 2세대 페미니즘은 1960년대 미국에서 시작된 정치적 운동으로 여성성을 비판하고 여성의 몸에 대한 권리를 주장하며 국제적 여성운동의 단초로 지금까지도 이어지고 있다. 포스트페미니즘은 1980년대 후반부터 1990년대 초 여성 세대의 움직임으로, 이들은 이전 세대의 투쟁 목표를 거부한 여성들이다. 페미니즘 전체를 거부하는 것이 아니라 피해자로서 정의되는 여성 자체를 거부한다. 3세대 혹은 X세대 페미니즘은 1990년대 여성들을 주축으로 하여 여성의 집단적인 정치적 행동과 국제적 이슈를 강조한다.

제인 도나워스(Jane Donawerth)는 이런 식으로 분류되는 페미니즘 이론이 사회 변화와 차이를 논의하는 데에는 도움이 될지 모르지만, 여성에 의한 SF와 현재 우리가 살아가는 세계를 설명하기는 어렵다고 주장한다. 다음 차례에서는 도나워스가 제시한 분류에 따라 페미니즘과 SF가 만나는 지점을 함께 살펴보도록 하겠다.

페미니즘 역사 속 SF

일반적으로 SF 페미니즘을 이야기할 때면, 페미니즘 이론을 기준에 두고 페미니스트 SF를 분석하거나 주요 페미니스트 SF 작품을 기준으로 페미니즘 이론을 설명하는 방식을 취한다. 제인 도나위스는 이 두 방식을 적절하게 섞어 SF와 페미니즘이 역사적으로 만나는 연결 지점을 다섯 시대로 나누고, 페미니즘의 흐름과 그에 발맞춰 발표되는 SF 작품들을 함께 분류하고 있다. 교육받을 여성의 권리(1650~1750년), 본질적 여성(1850~1920년), 중산층 주부의 치유(1950~1975년), 여성 역사의 회복(1970~1995년), 포스트모던·포스트식민주의·트랜스젠더 페미니즘(1980~2005년)으로 나눈 도나위스 분류를 따라 각 시대의 페미니즘과 SF 작품의 연결 지점들을 간략히 살펴보겠다.

1. 교육받을 여성의 권리(1650~1750년)

17세기 이전 유럽에서 발발한 페미니즘 이론은 '여성에 대한 논쟁(Querelle des Femmes)'을 기반으로 만들어졌다. 이 논쟁에서 한쪽은 여성은 천성적으로 변덕스럽고 정숙하지 못하며 비논리적이고 소문에 열광하고 돈을 흥청망청 쓰기에 모든 면에서 남자보다 열등하다고 주장한다. 반대쪽은 여성은 본질적으로 정숙하며 충실하고 근면하기에 남성보다 우월하다고 주장한다.

이 시기에 등장한 페미니스트로는 마거릿 펠, 바슈아 메이킨, 메리 아스텔이 있고, SF 작품으로는 마거릿 캐번디시의 『불타는 세계(The Description of a New World, Called the Blazing-World)』(1666)가 출간되었다. 캐번디시는 작품을 통해 교육으로 여성이 남성과 동등해질 수 있음을 표현했다. 17세기의 정치적 이론들은 여성 이슈에 새로운 언어를 제공했는데, 여성에게도 남성처럼 자유 발언과 설교를 하고 교육을 받을 권리가 있다는 것이다. 마거릿 펠, 바슈아 메이킨, 메리 아스텔 역시 교육을 강조했다. 여성이 남성보다 천성적으로 열등한 존재가 아니기에 여성 역시 교육을 받으면 남성과 다를 바 없다고 주장했다.

마거릿 캐번디시의 『불타는 세계』는 북극의 유토피아를 배경으로 한다. 그곳의 여제에게는 "그녀가 원하는 대로 그 세상의 모든 것을 통치하고 다스릴 수 있는 절대적 권력"이 있다. 캐번디시는 소설 속 여성 캐릭터를 통해 유토피아 세계가 어떻게 통치되는지를 보여주었으며, 물론 SF답게 잠수함 등 과학적 경이감을 불러일으키는 소재를 등장시키기도 했다. 당시 사회에서는 떠올릴 수조차 없었던 여성에 대한 상상이 잘 나타나 있다. 그 상상력의 토대가 된 페미니즘 이론은 여성도 교육받을 권리가 있다는 것이었다.

2. 본질적 여성(1850~1920년)

19세기와 20세기 초 여성 권리에 대한 정치적 투쟁의 중심에는 재산권, 섹슈얼리티, 참정권 이슈가 있었다. 이때의 페미니즘 이론은 젠더적 주제와 근본적으로 다른 여성의 천성에 관한 논쟁 안에서 이루어졌다. 이 시기에 등장하는 대표적인 페미니스트들은 루크레티아 모트, 안나 줄리아 쿠퍼, 샬롯 퍼킨스 길먼이다. 이들은 여성이 남성과 본질적으로 다르다는 것에 집중하며, 다름을 대하는 사회적 시선과 구조를 비판하고 여성의 시민권을 주장했다. SF에서는 메리 E. 브래들리 레인과 샬롯 퍼킨스 길먼, 릴리스 로렌 같은 작가들이 과학기술의 유토피아를 그리며 여성들만이 존재하는 세상에 대한 상상력을 보여주었다.

페미니스트 루크레티아 모트는 1849년 여성론

(Discourse on Woman) 연설에서 여성이 남성과 영성적으로 평등함을 주장했다. 또한 성경을 기반으로 여성들이 설교한 역사를 제시하며 여성들도 설교할 권리를 가져야 할 뿐만 아니라 다른 권리로도 확대해야 한다고 주장했다. 특히 여성이 결혼 생활 중에도 투표권과 재산권 등 남성이 가진 모든 시민권을 공평하게 인정받아야 한다고도 했다. 더불어 여성이 남성과 본성적으로 다르다고 하지만 여성들도 지성을 가지고 있기 때문에 그러한 차이를 과장할 필요가 없다고 말했다.

안나 줄리아 쿠퍼는 저서『여성다움, 인종의 쇄신과 진보를 위한 필수 요소(Womanhood: A Vital Element in the Regeneration and Progress of a Race)』(1886)를 통해 기독교에서 기원한 여성에 대한 경배와 존경을 평등으로 발전시켜야 한다고 주장한다. 본성적으로 여성들이 아이에게 처음으로 큰 영향을 주는 존재이기 때문에 인종 문제에 있어서도 여성의 영향력이 지대하다며, 궁극적으로는 아프리카계 미국인의 발전에 있어 여성 교육이 얼마나 중요한지를 강조했다. 샬롯 퍼킨스 길먼은『여성과 경제학(Women and Economics)』(1898)에서 남성과 여성의 본성적 특징들은 각각 주어진 노동에 따라 극단적으로 다르게 발전될 수밖에 없다고 했다. 집안일로 인해 여성들이 지적 발전을 이룰 수 없었으며, 집안일의 의무를 사회화한다면 인간이 더욱 발전할 수 있을 거라고 했다. 그렇게 여러 세대를 거치면 여성들 역시 남성들과 동등한 가능성을 가질 수 있다고 말이다. 이렇듯 이 시기의 페미니스트들은 남성과 본질적으로 다른 여성의 고유성을 긍정하며, 그에 기반한 여성의 권리를 주장했다.

이 시기 페미니스트 SF에 나타난 유토피아 역시 유사한 주장을 강조한다. 여성으로만 이루어진 사회를 지금보다 나은 사회 모델로 보여주며, 본질적으로 다른 여성을 내세웠다. 메리 E. 브래들리 레인은 『미조라(Mizora)』(1880~1881)에서 과학기술의 파라다이스를 묘사했는데, 그 당시로는 신기술이었던 가스레인지, 세탁기, 비행기 등이 실생활에서 사용된다. 미조라는 전쟁을 끝내기 위해 정권을 잡은 백인 여성이 지배하는 세계로, 모든 남성과 유색 여성이 죽어나간다. 아이들은 처녀생식으로 태어나고 교직과 가사는 과학적 전문직으로 여겨진다.

샬롯 퍼킨스 길먼은 『허랜드』에서 여성이 주지사이고, 의사이며 과학자, 그리고 교육자들인 세상을 보여주었다. 운동, 채식주의, 금욕주의와 식물 유전 실험, 과학적으로 조직된 교육과 토론에 의해 갈등이 해소되어 보다 나은 삶을 살아간다는 설정이다. 페미니스트 유토피아는 20세기 초 사회주의 페미니즘 이론에 영향을 받았다. 1930년 릴리스 로렌의 『28세기로

(Into the 28th Century)』가 미국 펄프 잡지에 실리고, 여성들의 반전 활동에 영향을 받으며, SF에서는 주부 영웅 캐릭터가 발전하게 된다.

17세기의 페미니즘과 페미니스트 SF가 여성도 교육을 받으면 남성과 동일하다는 교육의 중요성을 강조했다면, 19세기와 20세기 초의 페미니즘과 페미니스트 SF는 본질적으로 다른 여성에 대해 논하며 여성의 권리, 재산권과 참정권 등을 주장했다. 교육을 받으면 동등해진다는 것에서 나아가 여성 스스로의 권리를 주장하기 시작한 것이다.

3. 중산층 주부의 치유(1950~1975년)

1950~1960년대에는 페미니즘 이론이 베스트셀러의 형태로 나타난다. 이 시대의 대표적인 페미니스트들로는 베티 프리던, 케이트 밀릿, 저메인 그리어, 슐라미스 파이어스톤과 필리스 체슬러가 있다. 이들은 가부장제가 가하는 여성들에 대한 억압, 특히 주부들에 대한 억압을 비판했다. 이런 분위기 속, 파멜라 졸린, 제임스 팁트리 주니어, 캐롤 엠쉬윌러, 조애나 러스의 SF 작품들에서는 가부장제에 억압받는 여성들의 저항이 그려진다.

베티 프리던은 『여성의 신비(Feminine Mystique)』 (1963)를 통해 수백만 독자들에게 중산층 가정이라는

'편한 강제 수용소(The Comfortable Concentration Camp)'에 갇힌 '행복한 주부 영웅(happy housewife heroine)'의 '이름 없는 불만(nameless dissatisfaction)'을 보여주었다. 프리던은 가정주부와 출산 후 복직해 생산적인 일을 하지만 아이들과 떨어진 여성의 삶을 비교했다.

케이트 밀릿은 『성의 정치학(Sexual Politics)』(1970)에서 20세기를 대표하는 문학작품을 분석하며 그 속에 깃든 여성혐오와 근대주의자들의 지배 게임을 고발했다. 밀릿은 가부장제가 가진 억압의 기술을 폭로하며, 남성과 여성의 지배 구조가 문화를 통해 은밀하게 교육되고 있다고 주장했다.

저메인 그리어는 남자가 사랑하는 여자를 죽이는 것이 로맨스로 여겨지는 여성혐오의 시대에 살고 있다고 지적하며, 여성들에게 '가부장 사회의 수하물'을 배 밖으로 던져버리고 '자기 결정권'이나 '여성 파워'를 선택하라고 강력히 권고했다.

슐라미스 파이어스톤은 『성의 변증법(The Dialectic of Sex)』(1970)에서 경제적으로 억압적인 형태의 20세기 재생산 구조를 폭로했다. 여기에서 말하는 재생산은 출산과 관련한 여성의 모든 노동을 뜻한다. 여성은 재생산 노동을 대부분 혼자서 해내지만 그에 대한 대가와 비용은 전혀 지불되지 않으며 그 가치도 인정받지 못하고 있음을 이야기했다. 이러한 출산 노동에서 여성이 해방되기 위해서는 성 구분이 필요 없는 재생산 과학기술이 필요하다고 주장했다.

필리스 체슬러는 근대 미국에서 벌어지는 여성 억압의 제도적 의미를 분석했다. 많은 여성들이 주부라는 직업을 스스로 선택한 것이 아니라, 남편들 또는 제도에 의해 주부가 된다. 그리고 그에 따르지 않는 여성은 반사회적 존재로 낙인이 찍히고 만다. 앞서 여성의 역할을 거부했던 선구자들 덕분에 가능해진 것은 자살뿐이었다. 여성 운동의 대가로 얻은 게 죽음뿐인 현실이었다.

이러한 분위기 속에서 여성 SF 작가들은 주부들에 대한 억압을 비판하고 가부장제에 의해 만들어진 여성성을 고찰하는 글을 썼다. 파멜라 졸린의 『우주의 열죽음(The Heat Death of Universe)』(1967)은 우주는 항상 무질서로 돌아가려 한다는 경고를 배치하여 평범한 주부의 일상을 열역학 법칙으로 풀어냈다. 주부인 주인공의 일상을 따라가다 결국 그녀가 주부 역할을 거부하고 극적인 실패에 이르는 이야기다.

제임스 팁트리 주니어의 『보이지 않는 여자들(The Women Men Don't see)』(1973)은 여성을 주부라는 감옥에서 완전히 해방시킨다. 소설의 주인공인 엄마와 딸은 가부장제 지구의 답답한 현실을 벗어나 외계인과 도망친다. 캐롤 엠쉬윌러의 『모든 것의 끝에서 시작 그리고 다른 이야기들(The Start of the End of It All and Other Stories)』(1990)은 남편들에 의해 억압받던 주부들이 외계인을 도와 지구를 점령하게 한 후 그 외계인들에게까지 저항하는 소설이다. 조애나 러스의『막 시작하려는 우리…(We Who Are About To…)』(1977)는 가부장제 신화가 기존의 SF를 통해 확대 재생산되고 있음을 통렬하게 풍자하기도 했다. 마지 피어시의『시간의 경계에 선 여자(Woman on the Edge of Time)』(1976)는 1970년대 페미니즘에 많은 영향을 받은 소설이다. 여성적인 역할에 한계를 통감한 여성들의 분노를 표현했으며, 그 역할을 거부한 여성들에게 가해지는 제도권 남성들의 처벌에 대한 두려움을 이야기했다.

동시대의 페미니스트 SF는 중산층 주부의 삶에 집중하고 있다. 겉으로는 행복하게 살아가는 것처럼 보이지만 결혼과 가부장제라는 제도에 얽매여 고통받는 주부들의 모습을 살펴보며, 가부장제의 구조적인 문제를 분석하고 강력하게 비난했다. 페미니스트들은 여성의 역할을 여성 스스로 정하지 못하는 가부장제의 억압이 어떻게 여성들의 삶을 옭아매었는지 폭로했고, SF는 이러한 시대상을 열역학 법칙에 비유하고, 외계인과 지구를 붕괴시키는 상상력을 발휘하는 등 위트 있게 고발했다.

4. 여성 역사의 회복(1970~1995년)

1970년대는 여성학이 발전한 시기로, 여성사 연구가 활발해지면서 여성 작가들의 문학작품을 발굴해내려는 움직임이 급격히 늘었다. 1979년에 나온 길먼의『허랜드』개정판은 1970년대 초 페미니스트 SF 작가들의 실험을 연결시키고 페미니스트 유토피아 장르를 부활시켰다. 여성 문학의 재발견이라는 측면에서 중요하게 봐야 할 것은 1970~1980년대 페미니즘의 주요 이슈를 다루는 데에 다시 페미니스트 유토피아 서술 기법이 쓰였다는 점이다.

조애나 러스는『여성 남자(The Female Man)』(1975)를 통해 남자가 사라진 유토피아 세계에서 무엇이든 할 수 있는 여성의 모습을 그렸다. 샐리 밀러 기어하트의『배회의 땅(The Wanderground)』(1979)은 자연이 환경을 강탈하고 파괴하는 남성에 저항해 여성의 편에 서는 이야기다. 자연을 파괴하고 맹목적인 도시 발전을 꾀한 남성들은 도시에서만 남성성을 유지할 수 있게 되었고, 여성은 도시 안팎에서 자연의 호의를 받으며 자유롭게 세상을 다스린다. 매리언 짐머 브래들리의『이시스의 폐허(The Ruins of Isis)』(1978), 파멜라 사전트의『여성의 해안(The Shore of Women)』(1986), 셰리 S. 테퍼의『여성들의 나라로 들어가는 문(The Gate to Women's Country)』(1988) 같은 작품은 급진적인 레즈비언 유토피아를 보여주기도 했다.

이 외에 다양한 섹슈얼리티를 보여주는 작품들로 어슐러 K. 르 귄의 『언제나 귀향(Always Coming Home)』 (1985), 조앤 슬론쥬스키의 『바다로 가는 문(A Door into Ocean)』(1986)이 있다. 페미니스트 디스토피아를 보여줌으로써 이상적인 사회에 대한 가능성을 논하는 작품도 있다. 수젯 헤이든 엘진의 『모국어(Native Togue)』 (1984)와 마거릿 애트우드의 『시녀 이야기(The Hand-maid's Tale)』(1985) 등이다.

1960년대부터 주목할 만한 점은 노예 문제가 다시 중요하게 논의되었다는 것이다. 프레더릭 더글러스의 자서전 『도주한 노예 존 톰슨의 삶(The Life of John Thompson, a Fugitive Slave)』(1956)과 『목사 노아 데이비스의 삶에 관한 이야기(A Narrative of the Life of Rev. Noah Davis)』(1959), 그리고 윌리엄 앤드류스가 편집한 『여섯 여성들의 노예 이야기(Six Women's Slave Narratives)』 (1988)가 이 시기에 출간되었다. 특히 미국의 정치가 앤절라 데이비스는 노예제도 아래 여성의 역할에 대해 다시 생각하도록 이론적 토대를 제공했다. 데이비스는 백인 여성들의 역할에서조차 거부된 흑인 여성들의 삶을 분석하고, 흑인 노예 여성들이 행한 저항의 역사를 재검토했으며, 흑인 여성들이 서로를 지키기 위해 보여주었던 영웅적인 행동들에 주목했다.

페미니스트 SF에서는 옥타비아 E. 버틀러의『킨 (Kindred)』(1979)이 노예제도를 다루는 가장 중요하고 의미 있는 작품이다.『킨』은 시간여행을 소재로 하여 노예의 삶을 다룬 SF로, 1976년의 로스앤젤레스와 1830~1840년대의 메릴랜드가 배경이다. 주인공 다나가 조상들의 삶을 통해 노예들이 처절하게 저항한 투쟁의 역사를 들여다본다. 그 외에도 많은 페미니스트 SF 작품들이 노예 이야기를 다루었다. 수지 맥키 차르나스의『세상 끝까지 걷다(Walk to the End of the World)』(1974), 세실리아 홀랜드의『뜬구름 세상(Floating Worlds)』(1975), 매리언 짐머 브래들리의『부서진 사슬 (The Shattered Chain)』(1976) 외 '다크오버' 시리즈, 어슐러 K. 르 귄의『용서로 가는 네 가지 길(Four Ways to Forgiveness)』(1995)이 대표작이라고 할 수 있겠다.

1970년대부터 1990년대까지의 페미니즘 이론을 한 시대로 묶기에는 다소 억지스러운 면이 있지만, 페미니즘과 SF가 어느 지점에서 만났는지에 초점을 맞추면 이해할 수 있다. 이 시기에는 페미니스트 유토피아라는 장르를 통해 남성 없이 여성만 존재하는 세상을 상상함으로써 현 사회의 구조와 억압을 비판했다. 한 가지 주목할 점은 페미니스트 유토피아의 부활과 더불어 중산층 백인 여성 위주의 페미니즘에 대항해 유색인종 페미니즘, 흑인 페미니즘이 등장했다는 점이다. 이전까지는 잘 알려지지 않았던 흑인 노예의 역사, 심지어 흑인 노예 역사 안에서도 소외되었던 흑인 여성 노예의 이야기를 SF를 통해 듣게 된 것이다.

5. 포스트모던·포스트식민주의·트랜스젠더 페미니즘(1980~2005년)

포스트모더니즘은 자연적이거나 본질적인 자아를 부정하는 것으로 초기 페미니즘 이론에서는 젠더 문제를 거론하며 다루어졌다. 게일 루빈이 1975년 발표한 논문 「여성 거래(Traffic in Women)」를 통해 페미니스트들은 젠더가 자연적으로 타고난 것이 아니고 사회에서 길러지는 것임을 인지하기 시작했다. 벨 훅스는 흑인이며 여성이고 노동자 계급인 이들에 대한 억압의 교차성을 분석했고, 식민 지배자들이 현실을 왜곡해 피지배자들에게 자신들의 근거 없는 믿음을 주입하는 방법들을 폭로했다. 또한 모든 여성들이 동일한 억압을 받았다는 착각을 깨뜨리고 여성들 안에서도 억압의 강도가 상이했다는 차이를 받아들이는 것이 연대의 기본이라고 주장했다.

퍼트리샤 힐 콜린스는 1980년대 페미니스트 입장론을 통해 여성을 젠더라는 단일한 정체성으로 인식하는 것에서 벗어나서, 수많은 사회관계들의 배열을 통해 구성된 복합적인 존재로 파악한다. 즉, 페미니스트 입장론은 위계적인 권력 관계에서는 소속 집단의 위치가 그곳에 속한 개인에게까지 공통의 어려움을 일으키며, 공유된 경험으로 비슷한 시각이 형성되고 이런 시각이 정치적 행동에까지 영향을 미치는 집단의 입장으로 연결된다고 보는 이론이다. 한 여성은 여성이라는 정체성 하나에 국한되지 않으며, 다양한 동맹 관계를 맺고 있어 여러 정치적 정체성을 가질 수 있다는 말이다. 콜린스는 노동하는 흑인 여성들의 경험들로부터 정치적 원리를 이끌어냈다. 또한 모든 역사에서 과학, 젠더, 인종, 민족의 교차성을 분석하는 '교차성'을 기반으로 한 페미니스트 분석을 지지했다.

1980년대 페미니즘 이론은 차이와 다름을 받아들이는 것을 주관성으로 수용하는 대안 모델들(사이보그, 하이브리드, 남녀 양성, 트랜스베스타이트 등)을 제안했다. 도나 해러웨이는 1985년에 『사이보그 선언(A Manifesto for Cyborgs)』을 발표했다. 해러웨이는 우리 모두가 사이보그인 포스트모던 사회에 살고 있으며, 지금은 말도 안 되는 것 같은 포스트젠더 세계를 꿈꿔야 한다고 주장했다. SF 판타지였던 사이보그(부분 인간, 부분 기계)는 우리 현실에서 빠르게 실현되고 있으며, 이들은 자연과 인공, 마음과 몸, 정상과 비정상 등 많은 개념을 흔든다. 이성애가 정상이라는 것 또한 마찬가지다. 사이보그의 등장은 구시대적 성별의 구분, 즉 남녀의 한계를 뛰어넘어 인간-기계-동물의 새로운 세계로 갈 것을 제안한다.

체리 모라가는 하이브리드(혼혈, 동물과 인간의 혼종)를 미래 여성으로 제안했다. 주디스 버틀러(Judith Butler)는 젠더를 "변화하거나 맥락화된 현상으로서, 본질적인 존재를 의미하는 것이 아니라 문화적이고 역사적인 특수한 일련의 관계를 둘러싼 상호 수렴점"으로 설명한다. 젠더는 한 사람의 고정불변한 상태가 아니라 사람과의 관계로 형성되는 것이라고 보았다. 해러웨이, 모라가, 버틀러는 정체성이란 파편화되어 있고, 각자 여러 종류의 신원이 복잡한 정체성의 형태로 모이게 된다고 주장한다. 젠더는 몸의 반복적인 양식화, 패러디, 불화, 젠더 정체성의 확산을 통해 생겨나며, 어떠한 젠더를 '틀렸다'고 말하는 것은 정치적으로 반대한다는 의미일 뿐이라고 버틀러는 주장한다. 그러니 여성에게 새로운 정치적 정체성을 부여하기보다 1970년대 유토피아 페미니즘이 그랬듯 모든 젠더와 정체성에 이의를 제기해야 한다고 했다.

남녀 양성, 하이브리드, 사이보그, 트랜스베스타이트, 부분 정체성, 수행적 젠더의 개념은 지난 30년간 20세기 페미니스트 SF(여성에 의한 SF)가 발전하는 데 중요한 역할을 했다. 타니스 리의 『사파이어 와인을 마시며(Drinking Sapphire Wine)』(1977)에서는 모든 10대들이 한 몸이 아닌 여러 몸에 존재하는 남녀 양성으로 나타난다. 이 미래사회의 불운한 도시에서는 로봇들이 의료와 경찰의 기능을 맡고 있다. 로봇들은 사람이 죽으면 재빨리 죽은 사람을 공장으로 옮겨 죽기 전에 결정해둔 새로운 몸으로 바꾸어놓는다. 따라서 10대들은 몸과 성별에 아무 거리낌이 없고 신체를 바꾸는 것에 익숙하다. 남성과 여성의 구분이 없고 동성애도 한다. 모든 사람이 다른 젠더를 가지고 있는 세상을 통해 '젠더란 무엇인가?'라는 질문을 던져주는 작품이다.

멀리사 스콧의 『꿈꾸는 금속(Dreaming Metal)』(1997)은 인공지능 로봇의 이야기로, 해러웨이가 묘사한 포스트젠더 세상에 대한 판타지를 보여준다. 이곳에 나오는 미래 사이보그 사회에서는 이성애가 규범이 아니며 젠더는 만들어진다. 네일로 홉킨슨의 『한밤의 강도(Midnight Robber)』(2000)는 포스트모던 페미니즘의 여러 한계적 인물들을 보여준다.

현대의 젠더 분류에 대항해 남녀 양성이나 사이보그를 다룬 SF 작품들로는 앤 맥카프리의 『노래 부르는 배(The Ship Who Sang)』(1969)와 그 속편들이 있다. 주인공 헬바는 여성의 머리와 우주선의 몸을 가진 사이보그로, 세상을 구하고 고통받는 인간들에게 감정적인 지지를 전하는 존재다. C. J. 체리의 『사누르의

자랑(The Pride of Chanur)』(1982)에서는 여성 함장이 나오는데 사자와 같은 종으로 해적 드레스에 주름 잡힌 바지와 부츠를 신고 허세를 부린다. 엠마 불의『본 댄스(Bone Dance)』(1991)는 남녀 양성인 주인공이 환경에 가장 적합한 젠더를 찾아가는 이야기다.

페미니스트 SF 작가들은 SF와 젠더에 관한 문학 이론을 발전시키는 데 이바지해왔다. 러스는 작가들에게 남성 문학과 여성 문학으로 구분하는 근거 없는 믿음을 포기하고 진정한 SF로 방향을 틀 것을 요청했다. SF에서는 새로운 세상을 탐험하고, 필요한 사회적 시스템을 창조할 수 있다. 그러니 SF는 남성이 남성으로서, 여성이 여성으로서 하는 이야기가 아니라 인간의 지능과 적응력에 대한 믿음을 다뤄야 한다고 이야기한다. 비슷한 맥락으로 르 귄은 기존의 SF에서 여성과 노동계급, 유색인종이 열등하게 표현되고 있다고 분석한 뒤 작가들에게 장르를 다시 쓸 것을 청하기도 했다.

페미니스트 SF 비평은 페미니즘 이론과 여성이 쓴 SF 사이의 연결점을 찾아낸다. 나탈리 로진스키(Natalie Rosinsky)는 '낯설게 하기'라는 문학 이론을 거론하며 여성 작가들에 의한 사변소설은 독자로 하여금 관습적인 현실로부터 멀어지게 하고 어느 지배적인 세계관에서든 내재되어 있는 편견에 의문을 품을 수 있게 한다고 주장했다. 레퍼뉴는 여성 SF 작가들이 사용하는 전복적인 전략을 통해 우리가 여성으로 구성될 수 있는 수많은 방법들을 탐험한다고 했다. 멀린 S. 바(Marleen S. Barr)는 여성이 쓴 SF를 "가부장제의 신화를 뒤집어 여성을 위한 권력의 판타지로 다시 쓰는 페미니스트 우화"라고 표현했다. 로빈 로버츠(Robin Roberts)는 SF가 "우리에게 과학, 재생산과 젠더에 대한 전통적이고 가부장적인 개념을 다시 생각하도록 가르쳐준다"고 했다.

제니 울마크(Jenny Wolmark)는 SF를 포스트모더니즘 문학으로 분류했는데, 젠더 담론을 비롯해 제도적 모순을 공론화하고 재검토할 수 있게 만들기 때문이다. 제인 도나워스는 페미니스트 과학 이론과 여성이 쓴 SF가 어떻게 연계되어 있는지를 살피면서, 여성 SF 작가의 남성 서술자를 복장 도착(cross-dressing) 이론과 연결시켰다. 저스틴 라발레스티어(Justine Larbalestier)는 성·젠더 시스템의 형태로 어우러진 남자(male)와 여자(female)의 차이를 분석함으로써 성과 젠더의 정의를 흔들었다. 데브라 베니타 쇼(Debra Benita Shaw)는 20세기 여성 SF가 과학적·비판적 사고의 토론과 젠더의 과학적 구성에 크게 기여했다고 보았다. 퍼트리샤 멜저는 젠더란 안정적인 개념이 아니라 협의된 개념이고, 정체성은 동일함이 아닌 다름과 차이에 의거하고,

포스트휴먼과 트랜스젠더의 주체성은 다차원적이라는 맥락에서 최근의 페미니스트 SF를 분석한다.

이번 장에서는 SF와 페미니즘의 연결 지점을 다섯 시대로 나누어 살펴보았다. SF 페미니즘을 분석하는 데 있어 페미니즘 이론과 페미니스트 SF 작품들을 나열해 그 교차점을 찾으니 어떤 이론이 어떤 작품 속에서 발현되었는지를 알아볼 수 있었다. 페미니스트 SF의 독자나 팬들이 작품을 읽을 때 동시대 페미니즘 이론을 적용해본다면 작품을 좀 더 깊이 있게 이해하고 즐길 수 있을 것이다. 만약 그간 페미니스트 SF 작품들을 접해보지 않았다면 관심 있는 페미니즘 이론을 먼저 살펴보고 그에 해당하는 작품을 읽어보는 것도 좋겠다.

하위 장르로서의
페미니스트 SF

3

주제별 페미니스트 SF

SF의 하위 장르로는 스페이스 오페라, 퍼스트 콘택트, 시간여행 SF, 대체 역사, 아포칼립스·포스트아포칼립스, 사회파 SF, 로봇과 인공지능, 초능력과 초인, 사이버펑크와 가상현실이 있다. 일각에서는 대체 역사, 아포칼립스 SF, 예술실험 SF 영화, 블록버스터 SF 영화, 디스토피아, 유토피아, 페미니스트 SF, 미래 역사, 하드 SF, 슬립스트림, 스페이스 오페라, 이상한 소설(Weird Fiction)로 분류하기도 한다. 그간에는 페미니스트 SF를 하위 장르로 포함하지 않았는데, 점차 하위 장르 중 하나로 분류되고 있다.

페미니스트 SF의 의의는 젠더의 구성, 남녀를 구별하여 여성을 수동적이고 열등한 존재로 치부한 가부장제 이데올로기의 본질적 믿음을 환기하는 데에 있다. 페미니즘 이론을 바탕으로 페미니스트 SF 작가들은 작품 속에서 가부장제, 모권제, 평등 사회, 대안 정부, 젠더 역할의 재해석, 성·젠더 관계의 약화, 다양한 섹슈얼리티, 과학기술에 많은 영향을 준 여성 과학자의 기여 등 다양한 주제를 보여주었다.

앤 크래니 프랜시스(Anne Cranny-Francis), 세라 레퍼뉴, 조애나 러스, 마린 S. 바는 SF야말로 여성이 새로운 가능성을 탐험하고, 지금까지와는 다른 새로운 존재로서의 여성을 보여줄 수 있는 이상적인 장르라고 보았다. 앞서 레퍼뉴의 말을 언급했듯 SF는 과학기술이 중요하게 작용하는 장르로 이데올로기를 비판적으로 실험하고 시공간을 넘나들기에, 사회적으로 형성된 여성에 대한 환멸을 분석하는 데 좋다. 페미니스트 SF는 SF 중에서도 지배 이데올로기에 대한 저항을 보여주는 매우 중요한 장르다.

귀네스 존스(Gwyneth Jones)는 그간 페미니스트 SF에서 다뤄진 주제들을 살펴보았는데, 처음 천착한 주제는 페미니스트 유토피아다. 존스는 현실에서 시민권을 빼앗긴 여성이 상상의 영역에서는 정치에 참여할 뿐만 아니라 세계를 이끈다. 여성이 주도한 세계는 기지와 재간으로 남성이 주도한 세계보다 즐겁고 평화로우며 윤리적인 국가가 될 수 있음을 작품들 속에서 보여준다. 조애나 러스는 페미니스트 유토피아가 "남성과 여성의 갈등을 공공의 계급 갈등으로 바라보며, 대안 또한 경제적·사회적·정치적인 면을 골고루 담고 있다"고 이야기한다. 19세기와 20세기 초 이러한 주제를 담은 대표적인 작품으로는 샬롯 퍼킨스 길먼의『허랜드』가 있다.

　이후 여성해방운동이 일어나던 1960~1970년대에는 정치적 '성의 혁명'을 받아들인 작품들이 등장했다. 새로운 세상에서 여성 해방을 보여준 작품으로는 영국 뉴웨이브 작가인 조지핀 색스턴과 파멜라 졸린이 잡지 〈뉴 월드(New Worlds)〉에 기고한 이야기들을 주목해볼 만하다. 특히 졸린은『우주의 열죽음』에서 자연과학과 가정의 카오스를 인상적으로 결합시켰다. 1970년대에 나온 중요한 작품 중 모니크 위티그의『게릴라들(Les Guérillères)』(1969)과 조애나 러스의 『여성 남자』는 일반 SF 독자들에게는 어려운 작품으로 여겨졌다. 아이디어가 복잡하고 난해하고 함축되어 있으며 최소한의 설명만 하고 있는 작품들이기 때문이다. 하지만 이 작품들에서 열정을 발견한 이들이 있었으며, 때문에『여성 남자』는 1995년 장르 최고의 상인 아더와이즈 특별상(구 제임스 팁트리 주니어 상)을 수상하기도 했다. 모든 페미니스트 SF의 기준이라 불리는 작품으로는 어슐러 K. 르 귄의『어둠의 왼손(The Left Hand of Darkness)』(1969)과 페미니스트 신념을 관찰한 프레더릭 폴의『게이트웨이(Gateway)』(1977)가 있다. 이 두 작품은 휴고 상과 네뷸러 상을 동시에 수상하기도 했다.

　수지 맥키 차르나스의 『세상 끝까지 걷다』는 극단적 남성주의 문화로 여성을 동물처럼 다루는 황폐화된 미국의 미래를 시험적으로 보여주는 작품이다. 남성 필명으로 활동한 제임스 팁트리 주니어의 『휴스턴, 휴스턴, 들리는가?(Houston, Houston, Do You Read?)』(1976)는 세 명의 우주비행사가 긴 항해를 마치고 돌아오자 지구가 여성들만의 세상으로 바뀐 내용으로, 휴고 상과 네뷸러 상을 받았다. 페미니스트 SF에서 역할 전환은 되풀이되는 주제 중 하나다. '여성스러움'이라는 가치는 주로 사회적 맥락에 의존해 나타나고, 한 성이 다른 성에 의해 종속되는 것은 독단적으로 일어난다. 이에 성 역할의 전환은 웃음을 주기 위한 장치로도 쓰인다. 게르드 브란튼베르그의 『이갈리아의 딸들(Daughters of Egalia)』(1977)에서는 남성과 여성의 성역할 체계가 완전히 뒤바뀐 세상을 재미있게 보여주고 있다.

　이에 더해 대체적으로 파괴적인 가치 체계(여성의 복종, 국제자본주의, 제3세계 노동착취, 환경오염, 조직화된 폭력)는 구제할 방법이 없는 남성의 본질적인 문제로 설정된다. 이에 작가들은 새로운 패턴으로 사회를 다시 상상한다. 샐리 밀러 기어하트의 『배회의 땅』

에서는 남성들이 갇혀 사는 도시는 죽어가고, 자유로운 여성들은 숲에서 동물들과 이야기하며 마법의 힘을 축적한 채 신의 마지막 해결법에 대해 확신을 가지고 기다린다. 이와 같은 세계관은 차르나스와 팁트리를 거쳐 르 귄의 『언제나 귀향』으로 이어진다. 남성이 지배하는 세상은 불행으로 향한다. 이 작품들은 바로잡을 수 없을 정도로 오염되어 죽어가는 지구를 위해서라도 가부장제는 반드시 사라져야 하는 구조라고 외친다. 재앙은 대부분의 인류를 쓸어버리기에 작가로 하여금 새로운 사회 시스템을 상상할 수 있게 하는 훌륭한 장치다. 이러한 주제를 담은 대표적인 작품으로는 조애나 러스의 『그들이 돌아온다 해도(When it changed)』(1972), 『여성 남자』, 제임스 팁트리 주니어의 『휴스턴, 휴스턴, 들리는가?』, 니컬라 그리피스의 『암모나이트(Ammonite)』(1993)를 꼽을 수 있다.

다중우주라는 가설에서 뒤틀려 꼬인 시간은 가능성을 보여주는 장치로 등장한다. 다중우주를 소재로 한 대표적인 작품으로 조애나 러스의 『여성 남자』, 마지 피어시의 『시간의 경계에 선 여자』, 캐슬린 앤 구난의 『전쟁의 시대(In War Times)』(2007)를 꼽을 수 있다.

시대별 페미니스트 SF

페미니스트 SF는 1960~1970년대 페미니즘의 영향을 받아 그 당시 소위 '붐'을 일으켰다. 가사노동의 기계화가 이루어지며 많은 여성들이 글을 쓰기 시작했다. 파멜라 J. 애너스는 과학기술이 사회적 문제를 해결하고 유토피아 사회를 만드는 데 실패하자 여성을 포함한 많은 이들이 과학기술의 역할과 가능성에 대해 질문하기 시작했다고 말한다. 더불어 "개인적인 것이 정치적인 것이다"라는 1960년대 페미니즘의 사상이 여성들로 하여금 자신들의 사회적 위치와 상태, 대안적 가능성을 상상하도록 했다. 만약 불공평과 불평등이 사회의 구조적 책임이라면, 반드시 사회 구조가 변화해야 함을 의식하기 시작한 것이다.

앞서 주제별 페미니스트 SF에서도 다루었지만 1960~1970년대는 페미니스트 SF의 전성기라 해도 무방하다. 페미니스트 SF는『프랑켄슈타인』과 여성에 의한 SF를 근거로 성장하였으며, 1970년대 '사회적 SF'와 제2물결 페미니즘의 각광으로 황금기를 맞았다. 1960년대에도 페미니즘 담론이 주목받았지만, 특히 1969년과 1972년 사이 페미니즘은 SF 세계에서 주요 담론으로 완전히 자리를 잡았다. 같은 시기 페미니스트 SF 역시 SF의 주류를 이루었는데, 이 시기 작품들은 자아에 있어서는 자유주의와 휴머니즘에, 사회적 개념에 있어서는 제1물결과 제2물결 페미니즘에 기반하고 있다.

1970~1980년대에는 현 사회 조건에 대한 비판이나 대안을 모색하는 유토피아·디스토피아 형태의 페미니스트 SF가 많이 등장했다. 모니크 위티그의『게릴라들』, 나오미 미치슨의『솔루션 스리(Solution Three)』(1975), 마지 피어시의『시간의 경계에 선 여자』, 매리언 짐머 브래들리의『부서진 사슬』, 샐리 밀러 기어하트의『배회의 땅』, 마거릿 애트우드의『시녀 이야기』가 대표적인 작품들이다.

페미니스트 SF가 붐이었던 1970년대 작가들이 성, 젠더, 섹슈얼리티에 대한 의문을 우선시하여 자유주의와 휴머니즘에 입각해 작품을 썼다면, 그 이후의 페미니스트 SF 작가들은 달랐다. 페미니스트 SF 붐 이후의 작가들은 헤러웨이의『사이보그 선언』처럼 포스트휴먼의 자아에 대해 썼다. 다시 말해 포스트붐 페미니스트 SF 작가들은 젠더 평등이 기능적으로 이루어진 세상을 넘어, 섹슈얼리티는 유동적이고 다양하며 모든 정체성(여성/남성/양성, 이성/동성/양성/범성, 인종/민족/국가, 인간/동물/기계)이 유연하게 받아들여지는 세상이 되길 원했다.

기억할 만한 1980~1990년대 포스트붐 페미니스트 SF 작가로는 코니 윌리스와 옥타비아 E. 버틀러가 있다. 윌리스는 네뷸러 상 네 부문에서 수상한 유일한 작가이고 그녀의 작품들은 SF가 어떻게 변화해왔는지를 대표적으로 보여주고 있다. 윌리스의 소설에서 SF적인 아이디어들은 사실적이라기보다는 은유적으로 표현되며 캐릭터 위주로 서사가 흘러간다. 전통적 SF의 고정관념을 깬 작품들로 독자에게 신선하게 다가갔다. 버틀러는 1980~1990년대에 SF를 쓰는 몇 안 되는 페미니스트 흑인 작가였다. 버틀러는 이야기 속에서 강한 여성 주인공들을 보여주며 성과 젠더, 인종, 민족, 계급 등 복잡한 이슈들에 대해 다뤄왔다. 버틀러의 작품 덕분에 SF의 외연이 확장되었으며 그간 다뤄지지 않았던 인종, 민족 등의 이슈들까지 페미니스트 SF 작품 속에서 만나볼 수 있게 되었다.

이 외에도 함께 주목해볼 만한 1980~1990년대 작품으로 캐런 조이 파울러의 『인위적인 것들(Artificial Things)』(1986), 『폭스 앤드 구스에서 경기 보던 밤

(Game Night at the Fox and Goose)』(1989),『사라 카나리(Sarah Canary)』(1991), 팻 머피의『추락하는 여인(The Falling Woman)』(1986),『사랑에 빠진 레이철(Rachel in Love)』(1987),『도시, 오래되지 않은(The City, Not Long After)』(1989), 리사 골드스타인의『빨간머리 마법사(The Red Magician)』(1982),『꿈같은 시간(The Dream Years)』(1985),『장군을 위한 가면(A Mask for the General)』(1987),『여행자(Tourist)』(1989), 낸시 크레스의『외계 광선(An Alien Light)』(1988),『브레인 로즈(Brain Rose)』(1990),『스페인의 거지들(Beggars in Spain)』(1991)이 있다. 이 다섯 작가들은 다양한 방식과 다양한 주제로 SF의 한계를 넘어선 작품들을 썼다.

1980년대는 사이버펑크 장르가 유행했지만 여성 작가들을 통해서는 유토피아 SF가 명맥을 이어왔다. 조앤 슬론쥬스키의『바다로 가는 문』은 어스타운딩 상(구 존 W. 캠벨 상)을 받았으며 마거릿 애트우드의『시녀 이야기』는 아서 C. 클라크 상을 받았다. 어슐러 K. 르 귄의『언제나 귀향』은 세상에 대한 가이드북 같은 작품으로 과거 부족사회의 미래를 소설적 상상으로 담아냈다. 수젯 헤이든 엘진의『모국어』나 셰리 S. 테퍼의『여성들의 나라로 들어가는 문』도 함께 살펴볼 만하다.

페미니스트 SF의 현재

귀네스 존스는 21세기가 10년쯤 지난 2009년, 여전히 남성 SF가 장르의 주류를 차지하고 있고 SF 역시 인간의 세상처럼 여느 때보다 젠더화되었다고 말했다. 하지만 페미니스트 SF는 1970년대에는 상상하지 못할 정도로 번영했고 페미니즘의 대안 이야기들로 더욱 풍부해지고 있다고 덧붙였다. 여기서 대안 이야기란 가부장제의 불편한 진실을 폭로하고 변화 없는 전쟁을 질질 끌기보다 정의와 평화를 탐험하는 이야기들을 뜻한다. 행성을 파괴하는 구성보다는 인간의 미래를 상상하는 방식을 택한 것이다. 존스는 페미니즘의 전성기인 1970년대를 지나온 지금, 페미니즘을 철지난 유행처럼 여기는 현실을 언급한다. 어느 예술이나 전성기는 짧기 마련이고, 페미니즘이 영원히 잊히지 않기 위해서는 페미니즘을 완전히 이해하여 삶 속에 품고 예술의 형태로 비밀스럽게 전파해야 한다고 주장했다.

하지만 존스가 그보다 10여 년이 더 지난 작금의 페미니스트 SF를 본다면, 지나간 유행이라거나 비밀스럽게 전파해야 한다는 생각은 바뀌지 않았을까. 특히 2019년은 바뀌어야 하는 것들이 바뀐 해였다. 먼저, 오랜 전통을 이어왔던 남성 작가의 이름을 딴 문학상들의 명칭이 전부 바뀌었다(제임스 팁트리 주니어의 경우 남성 필명으로 활동했다는 전제). 존 W. 캠벨 상은 어스타운딩 상으로 제임스 팁트리 주니어 상은 아더와이즈 상으로 각각 이름이 바뀌었다. 2019년 존 W. 캠벨 상을 받은 지넷 응이 수상 소감을 통해 캠벨의 작품이 오래되고 무익한 백인 남성, 제국주의자, 식민주의자, 정착민과 경영기업인들을 칭송하는 분위기를 조장한다고 강하게 비판한 것이 상 이름을 바꾼 계기가 되었다. 이후 주최 측은 〈아날로그 사이언스 픽션 앤드 팩트(Analog Science fiction and Fact)〉를 통해 존 W. 캠벨 상의 명칭을 어스타운딩 상으로 바꾼다고 발표했다.

제임스 팁트리 주니어 상은 세계에서 가장 큰 페미니스트 SF 컨벤션인 위스콘에서 팻 머피와 캐런 조이 파울러가 함께 만든 상으로 1991년 이후 매년 수여되고 있다. 제임스 팁트리 주니어 상은 젠더의 확대와 탐험을 응원하고 지지하는 상으로 알려져 있어 페미니스트 SF에 있어서 매우 의미 있고 중요한 상이다. 존 W. 캠벨 상의 이름이 바뀌는 과정으로 인해 제임스 팁트리 주니어 상의 명칭에 대해서도 문제가 제기되었다. 젠더의 확장성을 지지하는 상의 이름으로 남성 필명이 적합하지 않다는 논의와 더불어, 앨리스 셸던(제임스 팁트리 주니어의 본명)과 헌팅턴 셸던(남편)의 삶이 조명되면서 이름 변경에 대한 논의가 촉발되었다. 앨리스 셸던은 알츠하이머병에 걸린 남편을 죽이고 자신도 생을 마감했다고 알려져 있다. 이에 아더와이즈 상 주최 측에서는 장애를 가진 작가들과 독자들을 존중하는 입장에서 많은 이들이 부정적이고 고통스럽게 받아들일 수 있는 상의 이름을 바꾸게 되었다고 전했다. 그리고 2019년, 상 이름을 변경하며 아더와이즈(Otherwise)의 아더(other)와 와이즈(wise)를 띄어써 다른 이(other)의 경험을 가르치고 조언하는(wise) 상의 목적에 부합한 중의적인 명칭임을 강조했다. 한 가지 아쉬운 점은 매년 수여되는 상임에도 우리나라에는 수상작들이 많이 소개되진 않았다는 것이다.

앞서 소개한 일련의 사건들은 페미니즘이 유행이 아니고 사라지지 않았으며 치열하게 지속되었다는 것을 보여주는 예라고 할 수 있다. 귀네스 존스가 2009년에 이야기한 하위 장르로서의 페미니스트 SF는 당시 이 장르를 바라보는 사회의 분위기를 전해주는 듯하다. 페미니즘을 SF라는 예술의 형태로나마 어떻게든 버텨나가야 함을 주장하는 모습에서는 안타까움마저 느껴진다. 하지만 그보다 10년이 지난 2019년, 전 세계적으로는 미투(MeToo)운동이 시작되었고 미투운동을 촉발했던 인물인 하비 와인스타인이 2020년 3월 1심에서 23년형을 선고받았다. 이 모든 것을 본 후에 존스가 페미니즘과 페미니스트 SF에 대해 이야기했다면 조금은 다른 시선을 가지지 않았을까.

　시대가 나아졌다거나 좋아졌다고 이야기하는 것은 아니다. 사라진 것처럼 보이지만 보이지 않는 곳에서 들리지 않는 곳에서 여성들의 목소리는 언제나 존재하고 있었고, 페미니즘은 지금 현재까지도 작고 크게 지속되고 있다는 걸 이야기하고 싶은 것이다. 벨 훅스가 말하는 페미니즘처럼 성차별에 의한 억압이 모두 사라지는 그날까지 페미니즘은 계속될 것이기 때문이다. 그 안에서 페미니스트 SF는 새롭고 전복적인 상상력으로 현실을 뛰어넘는 대안의 이야기들을 다채롭게 세상에 내놓을 것이고, 많은 이들이 함께 논의하며 공론화하는 과정에 힘을 보탤 것이다.

함께 읽어볼
페미니스트 SF

4

조애나 러스의
「그들이 돌아온다 해도」(1972)

지금껏 페미니스트 SF의 용어와 역사, 이론들을 살펴보았으니 함께 읽어보면 좋을 페미니스트 SF 작품을 소개하고 싶다. 각 시대와 주제를 대표하는 작가들의 작품들을 다루려고 한다. 1970년대에 페미니스트 SF의 전성기를 이끌며 남성 중심 SF 문화에 여성과 젠더에 대한 진지한 성찰이 없다고 강력히 비판했던 작가이자 비평가, 학자이며 급진적 페미니스트인 조애나 러스가 첫 번째다. 페미니스트 SF 전성기부터 전성기 이후까지도 아울러 페미니스트 SF의 기본을 제시한 작품들을 선보였으며 아더와이즈 상을 여러 번 수상한 어슐러 K. 르 귄이 두 번째다. 페미니스트 SF 중에서도 유토피아·디스토피아 SF의 명맥을 이으며 2019년 부커 상을 수상한 마거릿 애트우드를 끝으로 하여 세 작가의 작품을 함께 읽어보고자 한다.

조애나 러스의 대표작으로는 『여성 남자』가 많이 거론되지만, 국내에는 아직 소개되지 않았다. 국내에 번역된 러스의 작품은 「바이킹과 수녀」, 「낡은 생각, 낡은 존재들」, 「그들이 돌아온다 해도」가 있다. 하지만 해당 작품이 수록된 『세계여성소설걸작선』(전 2권)은 절판되었고, 2021년을 기준으로 『야자나무 도적』에 수록된 「그들이 돌아온다 해도」만 시중에서 확인할 수 있다.

　　김경옥의 논문 「페미니스트 과학소설과 젠더」에 따르면, 러스의 「그들이 돌아온다 해도」는 1970년대에는 다소 과격한 내용으로 출판되지 못하고 있다가 할란 엘리슨의 선집 『다시, 위험한 상상력(Agian, Dangerous Vision)』에 실려 빛을 보게 된 작품이다. 출판 당시 많은 저항과 논란을 일으킨 작품이지만, 출간 후 1973년에는 네뷸러 상을 받았다. 「그들이 돌아온다 해도」는 2장 '페미니즘 역사 속 SF'에서 살펴본 페미니즘의 흐름에서 세 번째 시기, 중산층 주부의 치유로 불린 1950년부터 1975년 사이에 출간된 작품이다. 이 시기 페미니즘 이론의 핵심은 가부장제가 가하는 여성들에 대한 억압을 비판하는 것이었다. 가부장제의 억압에 여성들은 저항했고 성 역할 폐지 등 급진적 페미니즘을 주창했다.

　　「그들이 돌아온다 해도」는 600여 년간의 전쟁과

역병으로 남성이 사라지고 여성들만 살아가는 와일어웨이(whileaway) 행성에 지구의 남성이 찾아오는 이야기다. 와일어웨이에서는 난자융합 방식으로 아이를 낳고 공동체 생활을 하며 발생하는 문제들은 함께 논의하여 처리해나간다. 산업이 발전하고 있지만, 삶의 질을 희생하면서까지 맹목적으로 개발하지 않고 순리에 맞는 속도로 나아갔다. 일과 삶의 균형을 중요시하는 사회, 평화롭고 자유로운 이곳에 지구의 남자들이 찾아온다. 지구에서 온 남자들은 처음 대화에서부터 와일어웨이 여성들의 이야기는 듣지 않고 자기들이 온 목적만 말한다. 지구는 성평등이 확립되었다고 하면서 와일어웨이의 단성생식 배양에 결점이 있다고 지적한다. 절반의 종만 있는 와일어웨이는 부자연스럽기에 지구 남성들이 와야 한다는 주장이다. 지구 남성들이 와일어웨이로 오면 부자연스러운 곳이 자연스럽고 완전해질 것이라는 논리다. 끝내 지구 남성들은 와일어웨이로 오고 마는데, 주인공 재닛은 강력한 한 문장으로 이야기를 마무리한다. "내 목숨은 가져가더라도 내 삶의 의미는 앗아가지 말기를."

이 작품에 등장하는 지구 남성들의 태도는 남성들이 생각하는 여성의 역할과 지위를 대변한다. 와일어웨이 딸아이의 이름을 소개하는 장면을 보자. "우린 부계 이름에 접사를 붙여서 성으로 씁니다. 당신들은

71

모계라고 말하겠지만"이라고 하자 "그가 부지불식간에 웃음을 터뜨렸다". 지구 남자들의 입장에서는 어이없는 설명인 셈이다. 자신들이 모르는 행성에서 그 행성의 문화에 대한 설명을 듣는데도 자기 방식대로 해석하고 받아들인다. 무엇보다 와일어웨이 여성들의 이야기에 경청하지 않으며 존중의 태도를 전혀 찾아볼 수 없다. 다른 대화에서도 지구 남자의 태도를 잘 설명하는 부분이 나온다. "나를 조롱하는 건 아니라고 생각했지만, 그의 태도에는 늘 충분한 돈과 권력에 둘러싸여 2류가 되거나 변방으로 밀린다는 게 어떤 것인지 모르는 사람 특유의 자신감이 배어 있었다." 지구 남성들은 단성생식을 하는 부자연스러운 와일어웨이에는 결점이 많으므로 자신들이 와서 단성생식의 결점을 보완해주겠다고 이야기한다. 와일어웨이 여성들은 지구 남성들에게 자신들의 생활 방식에 대해 어떻게 생각하는지 물어보지 않았고 전혀 부자연스럽다고 느끼지 않았으며 지구 남성들의 필요를 느끼지 못하고 있는데 말이다.

기본적으로 와일어웨이 사람들은 친절하고자 하지만 지구 남성들은 최소한의 노력조차 보이지 않으며 자신들의 주장만을 관철시키려 한다. 서로의 다름을 알고 그 차이를 함께 논의해도 협상이 될지 말지 모르는 상황인데, 지구의 남자들은 다름은 곧 결점이고 그 결점은 부자연스러움이라는 결론에 이르며, 그 문제의 해결은 자신들이 해줄 수 있으니 고마워하라고 한다. 지구 남성들은 와일어웨이에 오게 됨으로써 얻게 되는 이익들에 대해서도 자신들의 입장에서 이야기한다. 와일어웨이 여성들의 이익에는 관심이 없고 단지 지구에 성평등이 확립되었다는 말을 강조하면서도 와일어웨이 여성들이 자신들을 받아들일 거라고 생각하는 것 자체가 성평등이 전혀 확립되지 않았음을 적나라하게 드러내고 있다.

작품이 나온 1970년대에는 여성의 역할을 여성 스스로 정할 수 없었다. 결혼을 한 경우에는 남편에 의해, 결혼을 하지 않은 경우에도 다른 남성에 의해 여성의 역할이 정해졌던 시기다. 그 부조리는 소설 속 지구 남성들의 행동에서 그대로 나타난다. 지구 남성들이 와일어웨이를 마음대로 규정하고 여성들의 역할을 정해주고자 하는 것처럼 말이다.

지구 남성들이 결국 와일어웨이로 이주하러 오고 있는 상황에 놓인 화자의 이야기를 들어보자. "어쩌면 어떤 식으로든, 결국은 남자들이 오게 될 운명인지도 몰랐다. 난 지금으로부터 백년 후면 우리의 고손주들이 남자들을 무시하거나 아니면 싸워서 막아낼 수 있을 거라고 생각하고 싶었지만, 그럴 가능성조차 희박했다"라며 신체 차이에서 오는 물리적 위압감에 대해 이야기하고 있다. 여기선 실제 1970년대 여성들이 가부장제 억압에 느꼈을 분노, 좌절감이 묻어난다. "우리 조상들의 일기는 고통에 찬 하나의 긴 울부짖음이었다." 그러한 억압에 저항하지만 너무나 견고한 남성 중심 사회의 시스템에 다시 분노하고 절망하는 심정이 그대로 드러난다.

"내 목숨은 가져가더라도 내 삶의 의미는 앗아가지 말기를"이라며 결언하게 다짐하는 주인공 재닛. 물론 그다음에 "당분간은"이라는 단서가 붙는다. 여기에서 '삶의 의미'라는 말에 대해 생각해볼 필요가 있다. 이는 단지 재닛의 삶이 아니라 와일어웨이에서 살아가는 여성들이 함께 이뤄낸 삶을 일컫는 말일 것이다. 함께 고민하고 일궈나간 그 모든 의미들이 사라지지 않기를 바라는 마음, 아마도 1970년대 페미니즘 운동을 하던 선배 활동가들의 마음을 그대로 대변한 문장이 아닐까 싶다. 행성의 이름은 와일어웨이다. 잠시 (While) 떨어져·멀어져·사라져(Away)라는 뜻인데, 결국 이 행성은 잠시 멀리 존재했던 이상향, 혹은 잠시 있다가 사라져버릴 곳이라는 의미로 쓰인 것일지도 모르겠다.

어슐러 K. 르 귄의
「산의 방식」(1996)

페미니스트 SF에서는 아더와이즈 상을 거론하지 않을 수 없다. 아더와이즈 상은 다양한 젠더 이슈를 실험적으로 다룬 작품들에 상을 준다. 안타깝게도 국내에는 수상작이 많이 소개되지 않았다. 1991년부터 시작된 상인데 2021년 현재 국내에 소개된 수상작은 후술한 정도다. 1994년 수상작인 어슐러 K. 르 귄의 「세그리의 사정」과 1996년 수상작인 「산의 방식」은 르 귄의 선집 『세상의 생일』에 함께 수록되어 있다. 2008년 수상작인 패트릭 네스의 『카오스 워킹 1』과 2014년 수상작인 조 월튼의 『나의 진짜 아이들』도 찾아볼 수 있다. 국내에 번역 출판된 수상작이 많지 않은 상황에서 하나의 책으로 두 편의 수상작을 한꺼번에 만날 수 있는 건 엄청난 행운이라고 생각한다. 아더와이즈 상 수상작이며 1990년대 페미니즘 이론을 함께 이야기해볼 수 있는 어슐러 K. 르 귄의 작품들을 살펴보자.

「세그리의 사정」은 작가가 서문에서 밝혔듯이 외부인이 세그리라는 사회를 경험하고 관찰하며 쓴 보고서 양식을 띠고 있다. 이 작품은 르 귄이 지구의 일부 지역에서 성비 불균형이 이루어진다는 기사를 읽고 상상한 사고실험의 결과라고 한다. 세그리는 기사와 달리 사회 전체가 완전히 성비 불균형이 되어버린 세계로, 현실이 가속화된다면 어떻게 달라질지를 보여준다.

「세그리의 사정」과 「산의 방식」은 각각 1994년과 1996년에 나온 작품들로, 페미니즘의 흐름에서 가장 마지막 시기인 포스트모던·포스트식민주의·트랜스젠더 페미니즘 시대에 쓰인 작품이라 볼 수 있다. 조애나 러스와 더불어 페미니스트 SF의 대표적인 작가로 두각을 나타낸 르 귄의 작품은 "기존의 관습적 틀과 절대적 진리의 횡포를 벗어나려는 포스트모더니즘 인식을 바탕"(최선웅, 「어슐러 K. 르 귄의 『어둠의 왼손』에 나타난 양성성에 대한 연구」, 2011)으로 쓰였다.

르 귄은 종종 '사고실험'이라는 표현을 썼는데, 사회적 사고실험의 목적에 대해 "현실을, 현재의 세계를 설명하는 것이다. SF는 예언하는 것이 아니라 묘사한다"고도 말했다. 작가는 서문에서 「산의 방식」이 "손에 광선총을 들어야 SF라 생각하는 이들에게는 이상하게 보일 수도" 있는 작품이며, "강렬한 감정들을 생산하고 또 좌절시키는 복잡한 사회적 관계들에 대해 생각하는 게 좋다"고 말했다. 그런 의미에서 르 귄의 작품들은 최근 페미니스트 SF에서 거론되고 있는 '일상적 SF(mundane SF)'라고 봐도 무방하다. 이제 「산의 방식」을 통해 포스트모던의 인식을 바탕으로 한 르 귄의 사고실험이 어떻게 펼쳐지는지 살펴보자.

「산의 방식」 속 키'오 사회의 구성원은 아침과 저녁, 두 반족으로 나뉜다. 여기에서 아이는 어머니의 반족을 따르고 같은 반족과는 누구도 성관계를 할 수 없다. 이것이 키'오 사회의 규범이다. 키'오 사회에서 결혼은 넷이서 하는 것으로 세도레투라고 부른다. 아침 반족에서 여자 한 명과 남자 한 명, 그리고 저녁 반족에서 여자 한 명과 남자 한 명이 만나 결혼을 하게 되는데, 아침 여자는 저녁 여자, 저녁 남자와 성관계를 할 수 있지만, 아침 남자와는 성관계를 하면 안 된다. 이는 아침 남자, 저녁 여자, 저녁 남자도 마찬가지다. 세도레투에는 두 개의 이성애 관계와 두 개의 동성애 관계가 성립되지만 신성모독이라는 이유로 같은 족 간에는 사랑을 해서는 안 된다. 그리하여 가능한 세도레투의 관계는 아침 여자와 저녁 남자(아침 결혼), 저녁 여자와 아침 남자(저녁 결혼), 아침 여자와 저녁 여자(낮 결혼), 아침 남자와 저녁 남자(밤 결혼), 총

네 가지다. 「산의 방식」은 그런 키'오 사회에 속한 네 명의 남녀 샤헤스, 엔노/아칼, 템리, 오토라의 결혼에 관한 이야기다.

이 작품은 현실 세계에서 정상이라고 일컬어지는 제도와 관계를 '낯설게 함'으로써 '정상성'에 대해 생각하게 만든다. 현실의 많은 문화권에서 결혼이라는 제도는 이성애를 기반으로 하지만, 「산의 방식」에서는 그 기반 자체를 바꿔버린다. 이성애뿐만 아니라 동성애도 함께, 남녀 둘만의 관계가 아니라 네 명이 결혼하는 제도를 보여주는 것이다. 우리가 살아가는 사회의 관습을 제대로 비튼 지점이다. 이성애 결혼이 아닌 다른 결혼 제도의 가능성을 생각해보는 것은 동성애 결혼을 인정하고 합법화한 나라에서는 별것 아닌 소재일지 모르지만 동성애 결혼이 인정받지 못한 다수의 나라에서는 파격적인 소재가 될 것이다.

정상성에 대한 사고실험과 더불어 이 작품에 나오는 여성 캐릭터들은 사회가 만든 여성의 전형성을 따르고 있지 않다. 산사람인 샤헤스의 소개를 보면, "나이는 서른이고, 등이 꼿꼿하며, 힘이 세고, 키가 작고, 뺨이 거칠고 붉었으며, 산사람 특유의 성큼성큼 걷는 습관, 산사람 특유의 좋은 폐활량을 지녔다"고 한다. 산사람의 특징을 잘 갖추고 있어 농장의 모든 일을 도맡아 관리하고 있다는 샤헤스의 소개에는 여성이라는 표현과 흔히 떠올리는 여성의 역할이 없다. 학자인 엔노이자 아칼은 "나이가 마흔이 넘었고, 키가 크고 팔다리가 길쭉하며, 짧게 친 다갈색 머리는 야마의 털만큼이나 가늘고 구불거렸다. 학자는 상당히 겁이 없었고, 사치나 편의품 같은 건 전혀 바라지 않았고, 잡담도 절대 하지 않았다. (중략) 듣는 이들의 수준에 맞도록 평이하게 읽고 이야기"하는 열심히 일하는 캐릭터다. 샤혜스나 엔노/아칼에 대해 맨 처음 아침 딸과 저녁 딸이라고 소개하지 않았더라면, 그 묘사를 통해 두 캐릭터가 여성이라고 유추하기란 쉽지 않았을 것이다. 단지 캐릭터 묘사만으로도 우리가 여성 캐릭터의 전형성에 얼마나 사로잡혀 있는지를 알 수 있다.

아침 여자 샤혜스와 저녁 여자 엔노가 사랑에 빠지면서 세도레투를 이루는 과정도 흥미롭다. 아침 남자와 저녁 남자를 맞추기만 하면 되는데 샤혜스는 저녁 여자 템리와 세도레투를 이루길 원하고 템리는 아침 남자 오토라와 세도레투를 이루고 싶어 한다는 것이다. 즉, 저녁 여자가 둘이고 저녁 남자가 없어 세도레투를 이룰 수 없는 것이다. 이 세도레투가 이뤄지도록 중성적 외모를 가진 엔노가 아칼이라는 이름의 저녁 남자가 되기로 한다. 오토라만 잘 속이면 금기시되는 신성모독을 어기지 않으며 세도레투를 이룰 수 있다는 것이 샤혜스의 주장이다. 그렇게 세도레투를 이

뤘지만, 결국 모두 아칼이 저녁 여자임을 알게 되었다. 하지만 그들은 세도레투를 파기하지 않는다. 사회가 정해놓은 결혼 제도에 의해 서로 사랑하지 못하는 것보다는 관습(소설에서는 종교의 의무라고 표현되기도 한다)을 따르지 않고 서로 사랑을 선택하는 것으로 마무리된다.

결혼 제도를 속이는 샤헤스와 아칼, 그리고 그 제도 안으로 들어가기 위해 인내해야 하는 아칼의 죄책감, 서로를 속고 속이는 관계들을 볼 수 있다. 엔노에게 아칼이 되기를 권하는 것도 샤헤스이고 세도레투를 진행시키는 것도 샤헤스이다. 아침 여자인 샤헤스의 결정 과정이나 행동은 저녁 여자인 템리와 비교되고 아침 남자인 오토라와도 비교된다. 농장을 운영하는 샤헤스에게는 부와 권력를 얻기 위해 접근하는 남자들이 많았지만 샤헤스의 마음에 드는 남자는 없었다. 템리가 결혼하고 싶어 하는 오토라는 가난해서 샤헤스의 농장을 공유하고 싶은 마음에 결혼을 하는 것이다. 결혼이란 단지 사랑으로 하는 게 아니며 조건들이 어떻게 맞아 들어가는지, 이들이 세도레투를 완성해나가는 과정을 통해 살펴볼 수 있다. 자기 방식을 고수해 강압적으로 밀어붙이는 샤헤스와 다른 세 사람이 세도레투를 유지해나가는 과정은 너무나 복잡하고 많은 문제점들이 있는 결혼 생활이지만 이해와

배려가 따른다면 극복할 수 있다는 것을 보여주기도 한다.

결혼 제도를 꼬집는 르 귄의 의도는 샤헤스가 엔노에게 아칼이 되어주길 설득하는 과정에서 적나라하게 드러난다. 아칼이 저녁 남편을 찾으라고 하자 샤헤스는 "하지만 난 널 원해! 난 널 내 남편이자 아내로 원해. 난 한 번도 남자는 원해본 적이 없어. 죽을 때까지 너만 원하고, 우리 사이에 누구도 없음 좋겠고, 누구도 우릴 갈라놓지 못해. 아칼, 생각해, 생각해봐. 어쩌면 이게 종교에 어긋날진 몰라도, 다치는 사람은 없잖아. 이게 왜 부당해?"라고 말한다. 그리고 "결혼은 성스러운 것인데, 아칼과 샤헤스는 둘의 계획으로 확실히 그 성사를 비웃으려 하고 있었다. 그러나 사랑에 의한 결혼이기도 했다"라며 사회가 만들어놓은 결혼 제도라는 규범과 사랑이라는 감정 사이에서 무엇이 우선시되어야 하는지를 생각하게 만든다. 사랑하지만 제도의 규범에 어긋난 관계와 제도의 규범에는 맞지만 사랑하지 않는 관계, 둘 중 어느 관계가 옳다고 할 수 있을까. 이는 곧 우리 사회에 존재하는 다양한 형태의 관계들이 결혼 제도에 들어가지 못하고 제도의 혜택을 받지 못하는 현실에 대한 논의로도 확대해볼 수 있을 것이다.

「산의 방식」에서 르 귄은 결혼이라는 제도의 다

른 가능성을 세도레투로 제시해 이성애 결혼과 동성애 결혼이 함께 존재하는 사회에 대한 사고실험을 보여주었다. 결혼이라는 제도뿐 아니라 여성성의 전형화에 대해, 그리고 엔노가 아칼로 바뀌는 과정을 통해 생물학적 성의 의미에 대해서도 생각하게 만든다. 생물학적 성의 의미는 외모로 판단되지 않으며, 제도로 인해 사랑하는 관계들이 배제되는 사회의 모순을 꼬집은 게 아닐까. 사람과 사랑이 먼저이지 제도나 종교가 그 이상의 가치가 아니라는 걸 느끼게 한다. 젠더 담론과 더불어 결혼 제도의 모순을 담아낸 르 귄의 「산의 방식」은 포스트모던 페미니즘 이론을 페미니스트 SF로 잘 보여준 작품이다.

마거릿 애트우드의
『증언들』(2019)

마지막으로 선정한 책은 지난 2019년 부커 상을 수상한 마거릿 애트우드의『증언들』이다. 애트우드의 신작『증언들』은『시녀 이야기』의 후속작으로 34년 만에 출간된 것이다.『시녀 이야기』는 1985년 출간 이후 줄곧 영화와 드라마로 만들어졌고, 애트우드가 직접 드라마 제작에 참여했다고도 알려져 있다. 영화나 드라마가 나올 때마다 화제를 불러일으켰고, 여성 이슈가 있을 때면 세계 곳곳의 여성들이 드라마 속 캐릭터 분장을 하고 거리로 나섰다. 그럼에도 불구하고 함께 읽을 작품으로『시녀 이야기』가 아니라『증언들』을 선택한 이유는 그가 34년간 독자들의 질문에 어떤 답변을 내놓았는지 볼 수 있는 작품으로, 페미니스트 SF와 팬들의 존재를 증명해주는 SF 페미니즘의 대표작이기 때문이다.

먼저『시녀 이야기』에 대해 간략히 살펴보자.『시녀 이야기』는 1990년 동명의 영화로 제작되었고, 2017년부터는 〈핸드메이즈 테일〉이라는 이름의 드라마로 미국 훌루(Hulu)에서 방영되었으며 2021년 시즌 4 방영을 앞두고 있다. 〈핸드메이즈 테일〉은 2018년 골든 글로브 TV 시리즈 작품상을 받았다. 미국에서는 공화당 트럼프 대통령의 당선 이후 보수화되어가는 여성의 재생산 문제와 빈민 복지 정책에 항의해 많은 여성들이 〈핸드메이즈 테일〉 캐릭터로 분장하고 집회를 열기도 했다.

소설『시녀 이야기』는 1985년에 캐나다 총독 문학상을, 1987년에는 제1회 아서 C. 클라크 상을 수상했다. 정작 애트우드는 아서 C. 클라크 상을 받을 당시『시녀 이야기』는 SF가 아니라고 부정했다는 일화가 유명하다. 애트우드는 스스로『시녀 이야기』를 "SF(Science Fiction)라고 생각하지 않고 사변소설(Speculative Fiction)이라 생각한다. 더 세밀히 이야기하자면 디스토피아로 알려진 유토피아 소설의 비관적인 형태로 볼 수 있"다고 말했다. 왜냐하면 "행성 간 우주여행도 없고, 순간 이동도 없으며 화성인도 없"기 때문이다. 사변소설이란 독자에게 '만약에(what if)'라는 질문을 끊임없이 하여 지적 자극을 주는 사고실험이다. 애트우드는『시녀 이야기』가 뭔가를 새롭게 만들어내지 않았으며

'만약에'라는 원리에서 출발한다고 이야기한다.

애트우드는 과학소설과 사변소설을 구분 지어 이야기했지만 보다 확대된 의미에서는 사변소설을 과학소설로 보기도 한다. 우리나라에서는 SF가 사변소설로 번역이 되기도 하며, SF를 사변적인 특성을 가진 장르로 보기도 한다. SF를 자연과학과 과학기술을 다루는 이야기에 한정하지 않고, 인문학과 사회과학으로까지 넓혀 SF의 패러다임을 좀 더 유연하게 하자는 취지이다. 사변소설은 독자들의 인식과 시각을 넓혀주는 소설을 어우르는 말로 과학소설보다는 좀 더 확대된 의미다. 그런 의미에서 애트우드가 부정했다는 SF는 과학소설의 의미에 한정해서 이야기한 것일 테다.

애트우드가 『시녀 이야기』를 사변소설이라고 한 이유들 또한 작금의 '일상적 SF' 운동과도 맞물려 있다. '일상적 SF' 운동은 2004년 클라리온 웨스트 워크숍에 참여했던 제프 라이먼 외 참여자들이 「일상 선언문(The Mundane Manifesto)」을 발표한 것이 시작이다. 이들은 선언문에서 SF란 우주선과 외계인보다는 과학과 기술을 포함한 인간과 지구의 미래에 초점을 맞추는 것이라고 주장하며 '일상적 SF'라는 개념을 소개한다. '일상적 SF'는 행성 간의 여행, 외계인·화성인·금성인 등, 대안 세계나 평행 세계, 마법 혹은 초능력적인 요소들, 시간 여행이나 순간이동 등의 요소가 없어야 한다. 즉, 애트우드가 자신의 작품에 우주선이나 외계인이 나오지 않는다며 SF임을 부정했던 것은 되레 '일상적 SF'의 규칙을 따랐던 것이고 결국엔 사변소설이며 인간과 미래의 지구에 초점이 맞춰진 작품으로 해석할 수 있다.

한편, 김경애(「마가렛 앳우드의 SF와 폴커 슐렌도르프 영화: 〈시녀이야기〉」)를 비롯한 연구자들은 『시녀 이야기』를 SF적 요소가 지배적인 작품이라고 분석한다. 『시녀 이야기』는 디스토피아를 다루고 있으며 길리어드라는 미래 가상 국가를 통해 충격적 현실을 보여주고 있기 때문에 '페미니스트 『1984』'라 칭하기도 한다. 길리어드는 핵폭발 사고로 환경이 파괴되었고 사람들은 거의 불임 상태에서 근본주의적 기독교 광신도들이 군사혁명으로 권력을 장악하고 계엄령이 선포된 사회다. 과학기술을 인간의 힘으로 통제할 수 없는 상황을 우려하며 소수의 엘리트, 기계가 사회를 통제하는 암울한 미래를 그린다.

애트우드가 『시녀 이야기』를 쓰게 된 사회적 영향은 세 가지로 꼽을 수 있다. 첫째, 이전 페미니즘 운동에 대한 반작용으로 성차별이 역습하고 있었다. 둘째, 기독교 근본주의자들이 낙태 반대 운동을 벌이며 여성 문제 역시 근본주의로 회귀하기를 주장하기 시작했다. 마지막으로 과학과 산업 발전 우선 정책으로 인해 환경이 파괴되고, 여성의 몸과 생명에 침해가 일어난 시기였다. 포스트모더니즘에 젠더 담론이 덧붙여져 페미니스트 디스토피아 소설로 등장한 것이다. 현실의 사회적 문제들이 작품 안에서 길리어드 정권 아래 차별받고 억압받는 여성들의 모습으로 묘사되고 있으며, 여성을 단지 재생산의 도구로 보는 사회를 적나라하게 보여주고 있다.

『시녀 이야기』는 주인공 오프레드가 길리어드 정권이 들어선 이후 시녀로 살아가게 되면서 겪는 변화, 길리어드 정권 아래 살아가는 여성들의 삶을 통해 체제의 모순들을 보여주었다. 반면,『증언들』에서는 세 캐릭터(리디아 아주머니, 아그네스, 데이지-아기 니콜)의 증언들을 통해 길리어드라는 전체주의 사회가 어떻게 붕괴되고 몰락하는지를 보여주고 있다.『증언들』은 길리어드 정권과 리디아 아주머니의 관계 그리고 마지막에 임신한 채 탈출한 오프레드와 그녀의 딸들에 대한 이야기다. 리디아 아주머니는 길리어드 정권이 들어서기 전 어엿한 판사였지만, 길리어드 정권에서는 살기 위해 아주머니란 위치를 얻고 유지한다. 그 삶은 길리어드 정권의 모순을 그대로 드러내며, 특정 종교와 가부장제라는 사회적 제도 안에서 억압받고 착취당해온 여성들의 삶을 대표한다.

『시녀 이야기』가 1985년에 쓰인 작품임에도 30여

년이 흐른 지금의 독자들이 읽고 여전히 분노하는 이유는 무엇일까. 드라마 〈핸드메이즈 테일〉 방영 후 여성들이 드라마 캐릭터 옷을 입고 거리에 나온 이유는 무엇일까. 그 속에서 현실을 마주하기 때문이다. 한국도 예외는 아니다. 헌법재판소에서 낙태죄에 '헌법불합치' 결정이 내려지기 불과 2~3년 전만 해도 저출생 시대 극복 방안으로 낙태 시술 의사 처벌 강화 정책안을 내놓았으며 '대한민국 출산지도'로 지역별 가임기 여성수를 공개하기도 했다(박종주, 「디스토피아에서 유토피아를 그리워하기」). 여성을 출산의 도구로 바라보는 길리어드 정권과 무엇이 다른가.

애트우드는 〈가디언〉지와의 인터뷰에서 "난 예언자가 아니다. SF는 정말 지금에 관한 이야기"라며 '미투운동'에 대해서도 언급했다. "미투는 시스템이 무너진 것을 상징적으로 보여주는 것으로, 우리가 선택할 수 있는 것은 시스템을 고치거나 피하기, 아니면 없애버리고 대신할 수 있는 전혀 다른 시스템을 만드는 것이다. (중략) 전체주의 사회인 길리어드에서는 일반적인 인권조차 존중받지 못한다." 애트우드는 『증언들』을 통해 무너진 시스템에서 여성들이 취할 수 있는 선택을 보여주고 있다.

제니 울마크는 SF를 포스트모더니즘 문학으로 보고, SF를 통해 젠더 문제뿐 아니라 제도의 모순까지 공론화하고 재검토할 수 있다고 했다.『증언들』에서 리디아 아주머니가 보여준 일련의 행동과 계획들은 모두 길리어드 정권의 모순들을 드러내기 위함이었고, 길리어드 정권이 무너질 수밖에 없는 근거가 되었다. 리디아 아주머니는 전작『시녀 이야기』에서 권력의 정점에 있는 캐릭터로 여성들을 길리어드 체제에 맞춰 교육시키고 권력에 순응시키는 역할로 그려졌다. 길리어드 안에서 리디아라는 여성이 살아남는 과정, 그리고 그 권력을 통해 보이지 않는 저항으로 확실하게 체제를 무너뜨리는 과정을 보여줌으로써 애트우드는 무너진 시스템에서 여성이 할 수 있는 선택지 하나를 제시했다.

데이지와 아그네스를 통해서는 길리어드 정권 안팎에서 저항하는 여성들의 모습을 보여준다. 아그네스는 사령관의 딸로 길리어드 정권에서 성장한 여성이다. 길리어드의 여자아이는 온실 속 꽃처럼 보호를 받아야 하는 존재다. "날 서고 죄에 물든 바깥세상에 나가면, 어느 모퉁이에 욕정에 굶주린 남자들이 도사리고 있다가 우리를 갈기갈기 찢어 버리고 짓밟을지 모를 일이었어요." 학교에서는 보호라는 미명 아래 좋은 아내가 되기 위한 교육을 받는다. 특정 계급의 딸들은 부모가 정해준 남편을 만나 결혼하는 것을 꿈으로 교육받는다. 심지어 꿈까지 정부에 의해 주어진다니 여성의 인권이 얼마나 무너져 내렸는지를 보여주는 지점이기도 하다. 여성 스스로 꿈조차 꿀 수 없는 사회인 것이다. 그 사회에서 아그네스는 그 꿈에 저항한다. 물론 리디아 아주머니의 도움을 받지만, 아그네스란 캐릭터는 순응하는 또래와 달리 스스로 생각하지 못하게 만드는 교육 시스템 아래에서 홀로 의문을 가진다. 아그네스의 의문과 저항하는 지점들을 통해 길리어드 정권의 모순들이 그대로 드러난다.

아그네스가 길리어드 체제 안에서 살아가는 여성의 모습을 보여줬다면, 데이지(아기 니콜)는 길리어드 체제 밖에서 살아가는 여성의 모습을 보여준다. 길리어드 안팎에서 살아가는 여성들의 삶을 비교하고, 길리어드에 대한 다른 나라의 입장을 보여주기도 한다. 데이지와 데이지 부모의 언어와 행동에서 길리어드 정권에 대한 저항, 적대감을 읽을 수 있다. 길리어드를 향한 국제사회의 시선은 길리어드의 모순을 선명하게 드러낼 뿐더러 이 사회에 미래가 없음을 짜임새 있게 보여준다.

작가는 『증언들』을 통해 차별과 억압으로 가득 찬 사회는 결국 저항으로 인해 무너지게 된다는 것을 보여주는 한편, 독자들에게 차별과 억압을 받고 있다면 순응하기보다는 타파해나가야 한다는 메시지를 전하고 싶었던 것이 아닐까. 애트우드는 『시녀 이야기』에 대한 독자들의 질문이 『증언들』의 영감이 되었다고 했다. 『시녀 이야기』가 나온 이래로 30여 년의 시간 동안 독자들이 얼마나 많은 이슈를 논의했는지 알 수 있다. 그동안 『시녀 이야기』를 읽은 전 세계 많은 여성들은 자신들에게 주어지는 차별과 억압에 일어나 저항했다. 애트우드 역시 여성들의 움직임을 보며 지난 시간 팬들이 보낸 수많은 질문들에 답했다. 『증언들』을 통해 그녀가 전한 것은 결국 '의심하고 저항하라!'이다. 애트우드의 사고실험으로 인해 억압과 차별에 저항하는 여성들이 현실의 무너진 시스템 앞에서 과감한 선택을 하게 되길 기대해본다.

맺음말
실재하지 않지만 가능한
무엇에 대한 이야기

지금까지 SF와 페미니즘에 관한 용어와 이론, 하위 장르로서의 페미니스트 SF, 세 편의 페미니스트 SF 작품을 살펴보았다. 세라 레퍼뉴는 젠더 묘사에 한계가 있는 사실주의 소설과 달리 SF는 젠더에 저항하고 새롭게 상상할 수 있다고 했다. 퍼트리샤 멜저도 '낯설게 하기'라는 SF적 특징으로 인해 현실의 규범과 구조에 도전하고 비판할 수 있기에 SF야말로 페미니스트 작가들이 적극적으로 여성을 상상할 수 있는 장르라고 여겼다. 조애나 러스는 SF를 종류가 아닌 방식으로 정의 내리며, "SF는 실재하지 않지만 가능한 것에 대한 이야기"라고 말했다. 이는 SF가 페미니즘과 만날 수밖에 없는 운명임을 보여준다. 지금-여기 바깥을 상상하는 페미니즘의 이론은 SF와 만나 전혀 새로운 세계의 구현을 가능하게 한다. 그리고 나아가야 할 방향에 대한 공론화 역시 자연스럽게 SF 안에서 이뤄진다.

SF와 페미니즘의 만남을 다루며 SF 페미니즘과 페미니스트 SF, 두 용어의 차이점을 중점적으로 살펴보았다. 페미니스트 SF는 페미니스트 작가들의 SF를 포함한 텍스트를 일컫는다. SF 페미니즘은 페미니스트 SF로 야기된 문화 활동 전체를 뜻한다. 페미니스트 SF로 야기된 문화 활동이라 함은 페미니스트 SF를 읽은 팬들의 활동을 말하는 것이다. 이런 활동이 중요한 이유는 팬들이 페미니스트 SF를 통해 페미니즘 이슈들을 논의하고 토론하기 때문이다. 즉, SF 페미니즘은 페미니스트 작가가 생산한 텍스트를 읽은 팬들의 반응으로, 수용자들의 독후 활동과 사회적 움직임이 핵심이다.

SF 이론으로서의 페미니즘을 살펴보는 대목에서는 페미니스트 SF와 페미니즘이 만난 시점을 다섯 가지로 분류했다. 각각 교육받을 여성의 권리(1650~1750년), 본질적 여성(1850~1920년), 중산층 주부의 치유(1950~1975년), 여성 역사의 회복(1970~1995년), 포스트모던·포스트식민주의·트랜스젠더 페미니즘(1980~2005년)이다. 이를 통해 여성들이 시대별로 목소리를 내는 방식이 달랐음을 알 수 있었고, 페미니스트 SF에서는 페미니즘이 SF적 상상력으로 어떻게 발현되었는지 살펴볼 수 있었다.

하위 장르로서의 페미니스트 SF는 주제별 그리고 시대별로 살펴보았다. SF 하위 장르로 자리 잡은 페미니스트 SF는 다른 하위 장르들에 비해 깊이 있거나 다양하지 않다고 오해를 받는다. 하지만 그것은 1960~1970년대 페미니스트 SF의 전성기 작품들에 집중하기 때문이다. 그리고 무엇보다 페미니스트 SF 작품에 대한 연구가 영어권 작품에 한정되어 있다는 것이 아쉽다. 영어권 작품뿐만 아니라 아시아를 비롯한 다양한 나라에서 많은 페미니스트 SF 작품이 나오고 있다. 그에 대한 발견과 연구가 활발해진다면 SF의 하위 장르로 보다 풍부하고 깊이 있게 자리매김할 수 있을 것이다. 이는 앞으로 SF 연구자들이 해내야 하는 숙제가 아닐까 싶다.

마거릿 애트우드는 2018년 〈가디언〉지와의 인터뷰에서 "SF는 항상 현재에 관한 이야기입니다. 그 외에 무엇에 관한 이야기이겠어요? 미래는 없어요. 많은 가능성들이 있지만, 우리는 어떤 가능성을 가질지 모른다는 거죠"라고 말했다. 흔히 우리는 SF를 미래나 근미래에 관한 이야기로 알고 있지만, 애트우드는 SF가 미래의 이야기가 아니라 우리가 살아가는 지금의 이야기라는 것을 지적한다. 그런 의미에서 페미니스트 SF를 보는 것은 작품이 쓰인 당시의 페미니즘 이슈들이 SF 안에서 어떻게 다뤄지는지를 짚어 보는 것이다.

이 책에서는 영어권 나라에서 활발하게 이루어진 SF 페미니즘 연구를 대략 소개했다. 한국의 SF 페미니즘을 소개하기에 앞서 영어권 SF 페미니즘 연구를 살펴본 것은 다른 문화권에서 다양한 목소리들이 어떻게 존재했는지 배울 수 있기 때문이다. 그것은 동시에 한국의 페미니즘 SF를 이해할 수 있는 기회가 될 것이다. 이미 한국에서도 수많은 SF와 페미니스트 SF 작품들이 나왔고 그에 대한 연구들도 시작되고 있다. 한국의 SF 페미니즘을 살펴보려면 먼저 페미니스트 SF 작품들을 분류하고 팬덤에서는 어떤 담론들이 형성되고 있는지를 분석해야 할 것이다. 이러한 분석과 연구를 통해 한국의 SF 페미니즘이 어디에 있는지, 그 특성과 의미를 찾아갈 수 있을 것이다. 한국의 페미니즘 담론과 연결 지점을 찾아보는 것도 중요한 초석이 될 것이다. 이 책을 시작으로 한국에서도 SF 페미니즘에 대한 연구가 활발히 진행되기를 기대한다.

부록. 이 책에 소개된 페미니스트 SF 작가들

마거릿 캐번디시(Margaret Cavendish)
— 1623~1673. 17세기 영국에서 활동한 철학자로, 시인,
　소설가, 희곡작가로 활동했다. 대표작『불타는 세계』가
　국내에 번역되었다.

샬롯 퍼킨스 길먼(Charlotte Perkins Gilman)
— 1860~1935. 미국의 휴머니스트이자 페미니스트로 사회
　개혁에 앞장섰다. 소설과 시, 논픽션 등 다양한 장르의
　글을 썼다. 장편소설『노란 벽지』,『허랜드』,『내가
　깨어났을 때』, 단편집『내가 마녀였을 때』,『엄마 실격』
　등의 작품이 국내에 번역되었다.

메리 E. 브래들리 레인(Mary E Bradley Lane)
— 1844~1930. 미국의 교사이며 작가로 활동했다.
　대표작으로는 미국 여성 SF의 초기 작품으로 꼽히는
　『미조라(Mizora)』가 있다.

릴리스 로렌(Lilith Lorraine)
— 1894~1967. 미국의 펄프픽션 작가이자 시인,
　저널리스트로 활동했다. 본명은 메리 모드 던

라이트이다. 계급 없는 사회와 뒤바뀐 젠더 역할이라는
소재를 좋아했던 그녀의 대표작으로는 『행성의 뇌(The
Brain of the Planet)』, 『28세기로(Into the 28th Century)』가 있다.

나오미 미치슨(Naomi Mitchison)

— 1897~1999. 스코틀랜드 소설가이자 시인이다.
페미니즘을 옹호하고 글에서 금기시되는 주제를 다루는
작가였으며, 1981년 대영제국훈장(CBE)을 수상한 바
있다.

제임스 팁트리 주니어(James Tiptree Jr.)

— 1915~1987. 미국의 작가로, 본명은 앨리스 브래들리
셸던이다. '여성 SF 작가'로서 주목받기보단 작품으로
주목받고 싶었기에 10년 동안 작품과 편지로만
소통했으며 필명을 남자처럼 보이게 만들었다. 1977년
'팁트리 쇼크'로 여성임이 알려지며 SF계에 큰 충격을
안겨주었다. 국내에는 『체체파리의 비법』, 『야자나무
도적』, 『마지막으로 할 만한 멋진 일』, 『갈릴레오의
아이들』이 소개되었다.

프레더릭 폴(Frederik Pohl)

— 1919~2013. 미국의 SF 작가이자 편집자이다. 네뷸러
상과 휴고 상, 어스타운딩 상 등을 수상했다. 『사라진

기억 속 음모』,『사이드 이펙트』,『지루함에서 벗어나는
방법』,『SF 럭키팩 7: 핵이 폭발하면』,『23 단어의
배신자』,『세상 밑 터널』이 국내에 소개되었다.

캐롤 엠쉬윌러(Carol Emshwiller)
— 1921~2019. 미국의 아방가르드 단편 작가이며 네뷸러
상, 필립 K. 딕 상을 수상하며 알려졌다. SF 단편은 물론
장편에도 능했다. 그녀가 참여한 단편집 중『혁명하는
여자들』,『안 그러면 아비규환』,『야자나무 도적』이
국내에 번역되었다.

앤 맥카프리(Anne McCaffrey)
— 1926~2011. 미국 태생의 아일랜드 소설가로, 네뷸러
상을 수상했다. 1978년에 집필한『화이트 드래곤』으로
SF 사상 처음 〈뉴욕타임스〉 베스트셀러에 올랐다.
2005년에는 미국과학소설작가협회(SFWA)의 22번째
그랜드 마스터 반열에 올랐으며, 국내에는『퍼언
연대기』(전 3권)가 소개되었다.

셰리 S. 테퍼(Sheri S. Tepper)
— 1929~2016. 미국의 작가로 SF, 공포, 미스터리 소설을
주로 집필했다. 에코 페미니스트 SF 작가로도 알려져
있으며, 1980년대를 대표하는 페미니스트 SF 작가 중

하나다. 2015년에 월드 판타지 상을 수상했으며, 여러 필명을 사용하였다. 『여성들의 나라로 들어가는 문(The Gate to Women's Country)』이 대표작이다.

어슐러 K. 르 귄(Ursula K. Le Guin)

— 1929~2018. 미국의 작가로, SF 소설과 판타지 문학의 대가로 주목받았다. 휴고 상과 네뷸러 상을 각각 5차례 수상했으며, 1979년에는 간달프 상을, 2003년에는 그랜드 마스터 상을 수상했다. 『파드의 묘생 일기』, 『찾을 수 있다면 어떻게든 읽을 겁니다』, 『바람의 열두 방향』, '어스시 전집'(전 5권), 『어둠의 왼손』, 『남겨둘 시간이 없답니다』, 『혁명하는 여자들』, 『야자나무 도적』, 『빼앗긴 자들』, 『라비니아』, 『용서로 가는 네 가지 길』, 『분노와 애정』, 『하늘의 물레』, 『밤의 언어』, 『세상의 생일』, 『서부 해안 연대기』, 『내해의 어부』, 『유배행성』, 『세상을 가리키는 말은 숲』, 『환영의 도시』, 『로캐넌의 세계』, 『정복하지 않은 사람들』등 수많은 작품이 국내에 번역되었다.

매리언 짐머 브래들리(Marion Zimmer Bradley)

— 1930~1999. 미국의 작가로, 역사 판타지와 SF 판타지 위주의 집필 활동을 했다. '다크오버(Darkover)' 시리즈가 대표작이며, 『우주의 색깔들』(전 2권), 『유난히 따듯했던

해』가 국내에 번역되었다.

샐리 밀러 기어하트(Sally Miller Gearhart)

― 1931~. 미국의 교사이자 SF 작가이며, 페미니스트 활동가다. 1973년, 커밍아웃한 레즈비언으로는 처음으로 샌프란시스코 주립대학교에서 정교수직을 얻었으며, 미국에서 처음으로 여성학과 젠더학 프로그램을 설립했다. 『배회의 땅(The Wanderground)』이 대표작이다.

모니크 위티그(Monique Witting)

― 1935~2003. 프랑스의 작가이자 철학자, 이론가이자 급진적 페미니스트 활동가이다. 1964년에 소설『오포포낙스(L'Opoponax)』로 프랑스 3대 문학상 중 하나인 메디치 상을 수상하는 영예를 누렸다. 그의 사상을 이해할 수 있는 유일한 이론서『모니크 위티그의 스트레이트 마인드』가 국내에 소개되었다.

조지핀 색스턴(Josephine Saxton)

― 1935~. 영국의 작가이며, 아서 C. 클라크 상과 영국 SF협회 상을 수상했다. 대표작으로는『여왕(Queen of the States)』을 꼽을 수 있다.

마지 피어시(Marge Piercy)

— 1936~. 미국의 열렬한 사회운동가이자 작가이다.
아서 C. 클락 상 수상 경력이 있으며, 국내에 번역된
도서로는 『시간의 경계에 선 여자』(전 2권)가 있다.

수젯 헤이든 엘진(Suzette Haden Elgin)

— 1936~2015. 미국의 언어학 연구자이자 SF 작가이다.
연구자로는 실험적 언어학과 언어와 시의 구성과
진화에 관한 연구를 진행했고, 작가로서는 1978년에
SF 시 협회를 설립하고 SF 인공어 분야에 있어 중요한
역할을 했다. 대표작으로는 『모국어(Native Togue)』를
꼽을 수 있다.

조애나 러스(Joanna Russ)

— 1937~2011. 미국의 급진적 페미니스트로, 학자이며
작가, 비평가로 활동했다. 대표작으로는 『여성 남자(The
Female Man)』, 『알릭스의 모험(The Adventures of Alyx)』 등이
있으며, 국내에는 『SF는 어떻게 여자들의 놀이터가
되었나』, 『여자들이 글 못 쓰게 만드는 방법』, 『혁명하는
여자들』, 『야자나무 도적』 등이 소개되었다.

마거릿 애트우드(Margaret Atwood)

— 1939~. 캐나다의 소설가이자 시인, 에세이스트이자

페미니스트다. 2000년에 부커 상을 수상했으며,
2019년에 또다시 부커 상 수상의 영예를 안았다. 두
차례의 부커 상 수상을 비롯해 수많은 명예로운 상을
받았으며『눈먼 암살자 1, 2』,『증언들』,『글쓰기에
대하여』,『시녀 이야기』,『그레이스』,『도덕적
혼란』, '미친 아담 3부작',『먹을 수 있는 여자』,
『페넬로피아드』,『이등 시민』,『심장은 마지막 순간에』,
『마녀의 씨』,『도둑 신부』(전 2권),『고양이 눈』(전
2권),『곰과 함께』,『아이들의 시간』이 국내에 번역
출간되었다.

　　수지 맥키 차르나스(Suzy McKee Charnas)
― 1939~. 미국의 단편 소설가로, 주로 SF 및 판타지를
　　집필했다. 휴고 상, 네뷸러 상, 아더와이즈 상을
　　수상했으며 아더와이즈 상의 영예를 안겨준『세상
　　끝까지 걷다(Walk to the End of the World)』가 대표작이다.

　　파멜라 졸린(Pamela Zoline)
― 1941~. 미국의 작가이자 화가로 활동 중이다.
　　단편『우주의 열죽음(The Heat Death of Universe)』으로 SF
　　팬들 사이에 이름을 알렸다.

C. J. 체리(C. J. Cherryh)

— 1942~. 미국의 SF 사변소설 작가로, 본명은 캐럴라인
재니스 체리다. SF 작가의 대다수가 남성이던 당시에
성별로 인한 주목을 피하기 위해 C. J라는 머리글자를
사용했다. 어스타운딩 상과 휴고 상을 수상했으며
『다운빌로 스테이션』(전 2권)이 국내에 번역되었다.

세실리아 홀랜드(Cecelia Holland)

— 1943~. 미국의 역사 소설가다. 주로 역사에 판타지
요소를 가미하며, 그중 스페이스 오페라인『뜬구름
세상(Floating Worlds)』이 대표작이다.

코니 윌리스(Connie Willis)

— 1945~. 미국의 교사이자 작가이며 본명은 콘스탄스
일레인 트리머 윌리스이다. 휴고 상 11회, 네뷸러 상
7회, 로커스 상을 12회 수상했으며, 2009년에는 SF
명예의 전당에 올랐다. 2011년에는 역사상 28번째로
'그랜드 마스터 상'을 받는 등 시대를 대표하는
작가이다.『화재감시원』,『둠즈데이북』(전 2권),
『개는 말할 것도 없고』(전 2권),『블랙 아웃』(전 2권),
『올클리어』(전 2권),『크로스토크』(전 2권),『빨간 구두
꺼져! 나는 로켓 무용단이 되고 싶었다고!』,『고양이 발
살인사건』,『양 목에 방울달기』,『여왕마저도』가 국내에

번역되었다.

옥타비아 E. 버틀러(Octavia E. Butler)

— 1947~2006. 미국의 SF 작가이며, 아프리카와
아메리카의 역사, 판타지, 과학을 융합한
'아프로퓨처리즘'의 대표 주자이다. 두 번의 휴고 상과
한 번의 네뷸러 상, 로커스 상을 수상했으며, 1985년
『저녁과 아침과 밤』으로 사이언스픽션크로니클(SFE)
선정 최고의 소설로 추앙받았다. 국내에는 『킨』,
『블러드차일드』, 『쇼리』, 『야자나무 도적』, 『와일드
시드』, 『종말 문학 걸작선 2』이 소개되었다.

타니스 리(Tanith Lee)

— 1947~2015. 영국의 SF 작가로, 약 90편 이상의 장편과
300편가량의 단편 소설을 썼으며 세계 판타지 문학상,
영국 판타지 문학상, 네뷸러 상 등을 수상했다. 국내에
소개된 작품으로는 『야자나무 도적』, 『북방 체스』가
있다.

낸시 크레스(Nancy Kress)

— 1948~. 미국의 SF 작가이다. 네뷸러 상, 위고 상,
어스타운딩 상을 수상했다. 국내에는 『넷플릭스처럼
쓴다』, 『소설쓰기의 모든 것 3』, 『허공에서 춤추다』,

『Now Write 장르 글쓰기 1: SF 판타지 공포』,『종말
문학 걸작선 2』,『오늘의 SF 걸작선』이 소개되었다.

파멜라 사전트(Pamela Sargent)

— 1948~. 미국의 SF 작가이자 편집자이며
페미니스트이다. 1993년에 네뷸러 상을 수상했으며,
2012년에는 SF와 판타지 연구의 공로를 인정받아
필그림 상을 수상했다. 그녀가 참여한 단편집『야자나무
도적』과『고양이를 읽는 시간』이 국내에 소개되었다.

캐런 조이 파울러(Karen Joy Fowler)

— 1950~. 미국의 작가이자 아더와이즈 상의 공동
창시자이며 클래리언(SF 작가 창작 교실) 재단의
이사장이다. 네뷸러 상, 세계판타지 상, 펜/포크너 상,
캘리포니아 문학상을 수상했다.『우리는 누구나 정말로
어찌할 바를 모르고 있다』,『엄마가 날 죽였고, 아빠가
날 먹었네』,『안 그러면 아비규환』이 국내에 번역되어
소개되었다.

캐슬린 앤 구난(Kathleen Ann Goonan)

— 1952~2021. 미국의 SF 작가이다. 작품『전쟁의 시대(In
War Times)』로 2008년 미국도서관협회의 최고의 SF
리스트에 등재되기도 했다.

리사 골드스타인(Lisa Goldstein)

— 1953~. 미국의 판타지 및 SF 작가이다. 성인 문학을
위한 신화 판타지상, 사이드와이즈 어워드(Sidewise
Award)를 수상했으며 네뷸러 상과 세계판타지 상의
후보로 지명된 바 있다.

엠마 불(Emma Bull)

— 1954~. 미국의 SF 및 판타지 작가이자 편집자이다.
로커스 상을 수상했으며, 도시 판타지의 선구적인
작품인『오크스 전쟁(War for the Oaks)』이 대표작이다.

팻 머피(Pat Murphy)

— 1955~. 미국의 SF 및 판타지 작가이자 과학자이다.
네뷸러 상, 세계판타지 상, 필립 K. 딕 상을 수상했으며,
캐런 조이 파울러와 함께 아더와이즈 상을 설립했다.
『야자나무 도적』으로 국내에 소개되었다.

조앤 슬론쥬스키(Joan Slonczewski)

— 1956~. 미국의 미생물학자이자 SF 작가이다.『바다로
가는 문(A Door into Ocean)』과『가장 높은 국경(The Highest
Frontier)』으로 어스타운딩 상을 두 번 수상했다.

네일로 홉킨슨(Nalo Hopkinson)

— 1960~. 캐나다의 SF 작가이자 편집자이다. 자메이카 태생으로, 어스타운딩 상, 로커스 상, 세계 판타지 상, 선버스트 상 등을 수상했으며, 국내에는 『야자나무 도적』, 『유리병 마술』로 소개되었다.

니컬라 그리피스(Nicola Griffith)

— 1960~. 영국의 SF 작가이자 에세이스트이다. 네뷸러 상, 아더와이즈 상, 세계 판타지 상, 람다 문학상, 앨리스 B. 상을 수상한 경력이 있다. 대표작으로는 『암모나이트(Ammonite)』, 『슬로우 강(Slow River)』 등이 있다.

멀리사 스콧(Melissa Scott)

— 1960~. 미국의 SF 및 판타지 작가이며 어스타운딩 상을 수상했다. LGBT 캐릭터와 정교한 설정을 갖춘 소설을 집필하는 것으로 유명하다.

찾아보기

작품명

인물명

요다 해시태그 장르 비평선 02

#SF #페미니즘 #그녀들의이야기

1판 1쇄 인쇄. 2021년 7월 12일

1판 1쇄 발행. 2021년 7월 26일

지은이. 김효진

펴낸이. 한기호

기획. 텍스트릿

책임편집. 염경원

편집. 도은숙, 정안나, 유태선, 강세윤, 김미향, 김민지

마케팅. 윤수연

디자인. 스튜디오 프랙탈

경영지원. 국순근

펴낸곳. 요다

출판등록. 2017년 9월 5일 제2017-000238호

주소. 04029 서울시 마포구 동교로 12안길 14 삼성빌딩 A동 2층

전화. 02-336-5675   팩스. 02-337-5347

이메일. kpm@kpm21.co.kr

ISBN. 979-11-90749-26-8 04800

979-11-90749-24-4 04800 (세트)